隠蔽捜査

いんぺいそうさ

今野敏

1

這是個一如以往的早晨。

六點起床，喝杯晨間咖啡。妻子正在準備早餐。

龍崎伸也坐在餐桌前打開報紙。這也是一如往常的習慣。

家裡訂閱了包括體育報在內的五份報紙，他一一翻閱，瀏覽順序也在不知不覺間固定下來。

看到每天優先過目的大報社會版，龍崎不禁蹙眉。

他抓起桌上的遙控器打開電視，想要透過晨間資訊節目確定新聞。妻子冴子見龍崎不停地轉台，出聲問：「出了什麼事嗎？」

「嗯……」

龍崎盯著電視螢幕漫應著。

妻子沒有繼續追問。反正她應該也不期待龍崎會認真回答。

兩人結縭已經超過二十年了。冴子比龍崎大一歲，今年四十七。廝守了這麼久的歲月，已不需要凡事一一說出口。

總算有一台民營電視台播報起他想看的新聞。

是發生在足立區的命案。一名三十多歲男子在廢棄工廠的土地遇害身亡。

報上說是遭人槍擊，電視台主播也這麼說。

電視台沒說，但報上提到死者是黑道分子。

是黑道火併嗎……？

龍崎思忖。

但我怎麼沒接到報告？

龍崎任職於警察廳（註：隸屬於國家公安委員會，管理警察制度、行政、監察等各方面事務的中央機關），是長官官房（註：官房爲日本於內閣、府、省設置的機關之一，負責機密、文書、人事等事務。府省的首長爲大臣，故設置於府省的稱爲「大臣官房」；廳的首長爲長官，故設置於廳的稱爲「長官官房」。官房的概念源自於德國絕對君主制時代，君主重臣辦公的小房間）的總務課課長。總務課課長負責許多重要的事務，像是庶務、分配案件、受理來自國會、內閣會議及委員會的質詢，公關也是其中之一。

換句話說，他也負責媒體公關。當媒體追問案件時，總務課課長可不能用一句「不知道」來打發。

目前整個警察廳都對黑道問題相當敏感。黑道問題原本由刑事部處理，但警方在組織改革後，獨立出組織犯罪對策部，以強化取締黑道犯罪。

自從國松前長官槍擊事件（註：指發生於一九九五年，國松孝次警察廳長官遭人槍擊的案件。案件未能在時效內偵破，成為懸案）以後，警察廳對槍械更是嚴加取締。

龍崎沒有接到任何報告。

警視廳（註：以東京都為轄區的警察本部。因東京都為首都，地位特殊，故異於其餘道府縣之警察本部，稱警視廳）那夥人沒把我放在眼裡嗎……？

現場的人總喜歡自行私下解決問題。

這教人火大。

確實，只要警察逮捕兇犯，送交檢察單位，法律上就沒有任何問題。但站在警察組織的角度，各都道府的縣警沒有將訊息上報給警察廳，會是個大問題。

現場那些人的思慮就是這麼淺薄。龍崎真想咂舌頭。

「今天我要早點出門。」龍崎對妻子說。

「一樣很晚回來嗎？」

「和平常差不多。」

也就是晚上十點左右。

「記得跟美紀談談。」

「孩子的事都交給你。」

「是婚事呢。而且對方是你前上司的公子……」

「那是段好姻緣，沒問題。」

「美紀好像正在猶豫呢。畢竟她還年輕……」

龍崎正在翻報紙，將必要的訊息輸入腦中。

「好。」

又敷衍漫應了。

妻子沒有再說什麼。龍崎的想法很明確，家裡的事由妻子負責，自己的工作是維護國家治安。

讀完全部五份報紙時，兒子邦彥現身了。他穿著睡覺穿的運動服。

「要吃早飯嗎？」妻子問邦彥。

「給我咖啡就好了。」

龍崎摺起報紙，擱到桌角。

「補習班有好好去上吧？」龍崎問。

邦彥沒有看他。

「嗯。所以才這麼早起啊。」

邦彥應屆考上了知名的私立大學，但龍崎不同意他讀，要求他重考。對龍崎來說，東大以外的大學不算大學。

龍崎想，也許邦彥怨恨父親不讓他念私大。畢竟這麼一來，又得再繼續熬上一年痛苦的考生生活。但等他出了社會，一定會感謝父親的。

東大以外的大學不算大學。坦白說，這與其說是龍崎的想法，倒不如說是中央機關的觀念。

每年都會有通過國家公務員第一種考試的人到中央各個機關去「拜會」，提出申請，炙手可熱的單位早有一套應對之道。不論考試成績再怎麼好，也絕不錄取私立大學或二流大學的畢業生。對熱門單位來說，只有東大和京大才是大學。

當然也有例外。然而即使東大或京大以外的大學生被錄取，往後也只有坐冷板凳的份。因為周圍全是東大及京大的畢業生，重要的職位早就幾乎全被東大校友給獨占了。就連意圖與政府機關建立門路的一般企業，也特別禮遇東大畢業生。

龍崎自己也是東大人。這是在政府機關存活下去最起碼的條件。唯有符合這個條件的人，才能發揮實力。

現在不管怎麼向邦彥解釋，他也不會理解吧。社會是很殘酷的。尤其往後再也無法指望經濟高度成長，更是如此。不是對錯的問題，這就是現實。

龍崎穿上西裝。說到高級官員的制服，非深藍色西裝莫屬。

「我出門了。」

走出玄關，來到公寓走廊，空氣裡帶著一絲春天的氣息。

剛到警察廳，公關室長已經在等著龍崎了。公關室長谷岡裕也的階級是警視正，比龍崎晚四期入廳，當然也是東大校友。除了公關室長，谷岡還兼任課長輔佐。

他對課長龍崎忠心耿耿，但龍崎一次也沒有對他敞開心房。在高級官員的世界裡，即便是下屬，也絕對不能信任。反正每隔兩、三年就會有人事異動，也沒空與下屬建立什麼信賴關係。只要日常業務能順利運作就夠了。而且龍崎認為官員之間不需要私交。私情甚至會妨礙業務。這一點必須切割清楚。

「今天記者特別多，是為了綾瀨署的命案？」

龍崎連道早都省了，直接問谷岡。

「是的。畢竟死者身分敏感……」

龍崎忽然盯住谷岡。

「什麼意思？」

「課長不知道死者的身分嗎……？」

「不知道。我沒接到報告。」

谷岡的臉一下子灰了。他感覺龍崎沒有接到通知，是自己的責任。

沒錯——龍崎用眼神責怪谷岡。

「他的身分有什麼特別嗎？」

「一九八〇年代末期，足立區發生過一起綁架、監禁、強姦、殺人及棄屍案件，死者就是那起案件的正犯之一。」

龍崎忍不住板起面孔。

「這麼重要的事，怎麼沒有報告給我？」

「很抱歉。」

谷岡似乎正在想藉口，於是龍崎搶在他開口之前說：「叫警視廳的刑事部長過來。」

「伊丹先生嗎？」
谷岡的表情微微一亮。
他知道龍崎和伊丹的私人交情。但對於公務中的龍崎來說，這種交情毫無意義。
龍崎語氣加重：「是警視廳的刑事部長。」
龍崎一屁股坐到椅子上，看著谷岡慌慌張張地離開辦公室。
電話很快就響了，谷岡說：「伊丹部長在線上。」
龍崎拿起話筒。
「我有事要問你，立刻過來。」
「剛好，我正想找你。」
伊丹的聲音聽起來無憂無慮。
連聲道歉也沒有？
龍崎心裡嘀咕著，掛斷電話。
約十分鐘後，伊丹俊太郎過來找龍崎了。

伊丹和龍崎穿著一樣的深藍色西裝，但在各個方面，兩個人對比鮮明。龍崎是東大校友，但伊丹是私大畢業。該期二十二名入廳的人員當中，只有伊丹是私大畢業生。龍崎身材清瘦，但伊丹肌肉結實。而且考慮到伊丹今年四十六歲的年紀，可說維持著年輕到令人難以置信的好體格。

龍崎頭上已經冒出白髮，簡而言之，是個風采不揚的中年男子；但伊丹仍一頭黑髮，看上去年輕瀟灑。

龍崎重視紀律與秩序，認為為了組織，有時不得不犧牲個人，因此必須縝密地考慮到每個細節。相對地，看在龍崎眼中，伊丹實在是太粗枝大葉了；說好聽是不拘小節，說難聽就是吊兒郎當。

官員的世界總是四面楚歌。龍崎因為如此相信，自然變得多疑，行動和發言也謹小慎微。周圍的人一定都把他當成一個城府深密的傢伙。

相對地，伊丹總是自信十足，發言和行動都豪放不羈。

換句話說，龍崎是陰，伊丹是陽，這樣的兩人不可能對盤。然而周圍的人似乎都以為他們是一對好哥兒們。

理由是他們自小就認識。他們是小學同學。剛才谷岡會露出開心的表情，就是因為他誤以為龍崎和伊丹是至交好友。

「嗨，你還是老樣子，一臉死氣沉沉。」

聽到這句話，龍崎心中悶燒的怒火頓時化為沖天烈焰。

「警視廳在打什麼主意？這麼重要的案子，為什麼沒有報告上來？」

他厲聲說道，但伊丹滿不在乎：「你是說綾瀨署的命案？」

「廢話。」

「別那麼大聲。」伊丹說。「你也知道我一動，記者就會像金魚屎一樣黏上來。現在走廊上就擠滿了記者。」

不勞伊丹提醒，龍崎也非常清楚。但他就是克制不住要大小聲。

總務課人員已經陸續來上班了，他們顯然很好奇龍崎和伊丹的對話，偷看的眼神教人心煩。

「你過來。」

龍崎站起來，把伊丹帶進幹部專用的小會議室。

會議室裡的高級桌子旁並排著皮革沙發。

龍崎在其中一張坐下。當然是離門口最遠的上首。伊丹坐到對面。

「聽說死者是過去重大刑案的正犯？」

「當時他還未成年。考慮到犯案情節凶殘，案子被家庭法院發回檢察單位，判了五年到十年的徒刑。後來服刑，三年後出獄。」

「死者名叫保志野俊一，三十二歲，住址是足立區西新井四丁目，沒錯吧？」

龍崎核對從報上看到的資訊。

「等一下。」

伊丹摸摸口袋，掏出記事本。

「連這麼基本的資料都記不住，還當什麼幹部！」

「做到警視廳的刑事部長，手上的案子也多到數不清啊。看筆記是為了慎重起見。呃……死者姓名是保志野俊一……對，沒錯。」

「報上說他是黑道分子。」

「對，他是跨區域暴力團體旗下旭仁會的成員。我們正在向組織犯罪對策部要求提供資料。」

「是在哪個階段得知死者是過去重大刑案的犯人的？」

「立刻就查到了。但沒有在記者會上公布，所以今天的早報也沒登。」

「曝光只是時間問題。我們必須擬定公關策略。為什麼沒有立刻聯絡我？」

「我哪知道？」伊丹滿不在乎地說。「那是你們警察廳的問題吧？咱們在現場奔波，一得到訊息，立刻就報告給警察廳的刑事局了。刑事局沒有通知你，是你們內部的問題。」

確實，警察廳內部的上下傳達十分緊密，但同級單位間的訊息交流實在難說順暢。

這一點被警視廳的伊丹指出，格外教人氣惱。

「你去過現場了嗎？」

「去過了。重要案件一定到場指揮，是我的原則。」

「刑事部長坐鎮現場，只會讓調查員綁手綁腳吧？」

「我不會影響他們。」

「聽好了，我們是高級主管，沒必要每個案子都親臨現場。我們必須守在資訊匯集的適當場所，站在全面的視野下達指令。要是待在現場，到處都是未經確認的資訊，只會徒增混亂不是嗎？」

「你太不了解現場了。你聽著，現場之所以混亂，就是因為沒有人在場做出適當的指示。」

「你說我不了解現場？我也接受過跟你一樣的研習，待過各地方警察署，千辛萬苦才熬回來這裡的。」

「我現在還在現場。」

聽到這句話，龍崎一陣飄飄然。

沒錯。這傢伙還在現場。雖說是指揮官，但只不過是警視廳這個地方警察的幹部。而我，我身在國家警察中樞的長官官房單位。也許這就是東大與私大畢業的差別。

龍崎不打算在此繼續跟伊丹爭論警察幹部應有的行為。他回到正題。

「沒在記者會上說出死者的身分，以你而言滿謹慎的。」

「聽起來怎麼不像稱讚？」

「不過各家媒體應該都已經查到了。一定會在傍晚的後續報導中揭露。」

「你壓下來就行了。」

「少扯了。要是希望我協助，就應該在案發當下立刻通知我。」

「我說了，我早就規規矩矩地報告給警察廳的刑事局了。我沒有義務向你本人報告。你沒有接到消息，是你們警察廳內部的問題……我說你啊，是不是人緣很差？」

最後一句話狠狠地戳進胸口。龍崎感覺舊傷被挖開了。

這應該只是玩笑話，但伊丹沒發現這句話刺傷了對方。

這傢伙從以前就是這樣。

只要一談到私事，伊丹就容易占上風。

伊丹從不在乎小細節，或許因此才無法體恤對方細微的感受。

龍崎做了個深呼吸，讓自己冷靜下來。

「先暫時不要公開死者是過去重大刑案兇手這件事。他已經服刑完畢，回歸社會了。這是個人隱私。」

「回歸社會……？」伊丹說。「他是混道上的吔？」

「這跟他從事什麼工作無關。他已經服完刑了。問題是這次的命案和過去的案子是否有關。這部分查得怎麼樣？」

伊丹聳聳肩。

「轄區警署說應該是黑道火併，正在調查是否和敵對幫派之間有衝突。」

「他是被槍殺的吧？」

「對。」

「凶器哪來的？」

「喂，偵辦才剛開始吔？槍枝的來源也還在調查中。我們正在朝黑道和外國人犯罪調查。」

「確定跟過去的案子無關吧？」

「目前看不出關聯。」

「對現場下達封口令，要他們不許洩漏死者的隱私。應該已經有媒體察覺了，這部分我們會設法處理。」

「早晚要洩漏的啦。」

「我已經受夠現場的大嘴巴了。所以才要你下封口令。」

「我會努力。」

伊丹站了起來。

「會設立搜查本部嗎？」

「不。」伊丹說。「如果確定是黑道火併，就不需要搜查本部。我想交給組織犯罪對策部處理。」

「好。」

龍崎應道，於是伊丹起身往門口離去。

「偶爾也一起喝一杯吧？」

「免談。」

龍崎是認真的，伊丹卻大笑著離開會議室。

好半晌之間，龍崎瞪著伊丹離開的門。

2

龍崎與伊丹是在警察廳的入廳典禮上重逢的。

龍崎通過國家公務員第一種考試（當時叫甲種考試），如願進入警察廳，在同期的二十二人當中發現了伊丹。

自小學畢業以後，兩人就再也沒有見面，但龍崎一眼就認出伊丹了。伊丹一點都沒有變，跟小時候的他一個模樣，教人驚訝。

伊丹也立刻就認出龍崎了。

他笑著走過來。

「你是龍崎對吧？龍崎伸也。真是太巧了，居然會在這種地方重逢。」

龍崎擔心其他同期的眼光。榮達之路的熾烈競爭，從警察大學校（註：警察廳附屬單位，是高級幹部學習相關知識及指導管理能力的教育訓練單位）初任幹部科的培訓課程就就已經開始了。這裡的二十二名同期全是競爭敵手。在敵人面前，他無法由衷為重逢感到喜悅。

況且伊丹大概是龍崎最不願意再見到的小學同學之一。

因為龍崎小學的時候，遭到伊丹那幫人嚴重的霸凌。然而伊丹現在這開朗的態度，彷彿完全忘了有過這回事。

不，也許他真的忘了。霸凌的一方都是這樣的。然而對於遭到霸凌的人來說，那恐怕是一輩子都忘不了的噩夢。

見到伊丹，龍崎歷歷在目地回想起當時的事。伊丹總是和其他兩名同學，他的親衛隊結夥行動。班上的結構很明確，可以說是以伊丹為中心運轉。兩名親衛隊控制著伊丹的徒子徒孫。

伊丹運動全能，成績優秀，總是自信十足。他聲音宏亮，擅長社交，是女生心目中的白馬王子。

龍崎在小學五年級和伊丹同班。

課業方面，龍崎不遜於伊丹，但他能與伊丹較勁的也只有課業了。龍崎是那種書呆子型的，體育方面一塌糊塗。他內向安靜，在班上沒有半個朋友。

也許伊丹是看不順眼龍崎成績好。但冷靜想想，比起伊丹，動手欺負龍崎的或許都是他那兩個親衛隊。

伊丹只是在一旁看好戲，是不會弄髒自己雙手的主謀。雖然年紀還小，但當時龍崎如此認定。

每次上體育課，龍崎就會被抓去軟墊施展摔角技。親衛隊連番上場，把他抓起來拋投或使出關節技，一直持續到他哭出來為止。

若是碰到游泳課，他的泳褲和泳帽就會被藏起來。結果龍崎來不及上課，只能在一旁觀摩。

午餐時間，燉湯裡會被摻進果醬等東西。由於吃完才能離開，龍崎只得把摻了果醬的湯全部喝光。

每一件事說起來都沒有什麼。他沒有被勒索財物，也沒有東西被破壞。

但龍崎覺得這就是伊丹的厲害之處。

伊丹從來不留下證據。理所當然地，伊丹是老師的愛徒，所以龍崎深信除非有證據，不論他如何控訴，老師都不會採信。

雖然只是輕微的惡作劇，但霸凌無休無止地持續著。效果十足。後勁強大的精神性痛苦逐漸累積，漸漸地龍崎只要看到伊丹，人就會不舒服起來。

如果這樣的小學生活繼續下去，或許龍崎已經發瘋了。

幸好他還沒瀕臨崩潰，就先從小學畢業了。

雖然遭到霸凌，但龍崎發奮讀書。唯有學業，他絕對不願意輸給伊丹。

結果龍崎成功考上中高一貫的名門私立學校。記得伊丹應該是進了公立國中。

從此以後，兩人再也沒有見面。龍崎也不想再見到他。

沒想到進了警察廳以後，居然會和這個死對頭伊丹重逢。伊丹對他的態度毫無芥蒂。警察大學校的教官得知伊丹與龍崎小時候認識，也對這段奇緣感到有趣。

成為高級事務官的路途艱辛困苦。這是萬中選一的世界。小學同學進入相同的政府機關擔任官員，是極為罕見的例子。

高級事務官的競爭，並非始於國家公務員第一種考試。遠從這以前就已經展開了。

考試制度動輒成為批判的對象，但龍崎認為會批判考試的全是一些喪家之犬。事實上進入東大以後，他從來沒聽過同學對考試有任何批評。戰場上的戰士不會批判戰爭，戰爭的贏家也不會批判贏得的戰爭。

最近的日本教育現場排斥競爭，據說連運動會都刻意不排名。因為輸的一方會提出抗議。但龍崎認為嚴格的選拔制度是必要的。

想想奧運選手就知道了。他們歷經嚴格的訓練，在各種比賽中考驗實力，最後才能脫穎而出。考試就像奧運的選拔賽，只有努力的人才能夠勝出。

準備考試就像執行專案，需要專注與恆心，計畫性也不可或缺。必須壓抑各種貪玩、鬆懈、怠惰的欲望，專心一意、孜孜不倦地朝目標努力邁進。準備考試沒有捷徑，而結果明確清楚。

說什麼考試制度泯滅人性，這是愚蠢的論調。

龍崎實際克服層層考試關卡，進入日本最高學府，並通過國家公務員甲種考試。看在他眼中，每天怠惰享樂、不經努力就長大的人，才更加泯滅人性。因為人之所以異於禽獸，就在於人有目標，能夠自律，努力去實現目標。

雖然有些教育評論家荒誕地說什麼教育應該要能培養豐富的想像力，但龍崎認為人被逼到絕境時的想像力才重要。從來沒有經歷過絕境的小孩，不可能發展出真正的想像力。

而且龍崎認為那些教育評論家才是人生失敗組。就是因為無法勝任教育第一線的工作，才會跑去當什麼評論家。再說，只要看看他們的學歷，他們不屬於人生勝利組是一目瞭然。他還沒看過哪個教育評論家是東大畢業的。

換句話說，他們從來沒有真正為考試吃過苦。明明從未徹底經歷過考試，卻又批評考試制度，這就像從未上過戰場打過仗的軍事評論家。

龍崎從小學開始就努力不懈。國中入學考、大學入學考，然後是國家公務員甲種考試。全是窄門。

人們常說「填鴨式教育」，但如果不把知識填進腦子裡，要如何增加？

要是放任小孩子為所欲為，他們才記不住漢字，也背不住九九乘法。

在警察廳與伊丹重逢，坦白說他很驚訝，也很憤怒。伊丹那種傢伙怎麼有資格站在這裡？但聽到他是私立大學畢業，龍崎感到釋懷了些。在出發點上，兩人就已經有了天壤之別。

二十二名同期裡面，東大畢業生有十五名，京大畢業生六名，私大畢業生只有一名。為了安撫抨擊政府機關過度偏重東大的社會聲浪，各單位都努力開出一定名額，錄取私大畢業生。

雖然只是形式，但站在中央機關的立場，也不能忽視外界的聲音。換句話說，為了滿足多樣化錄取，他們不得已必須錄取私大畢業生。

龍崎恍然大悟，伊丹之所以能夠入廳，就是這個緣故。否則伊丹那種傢伙居然能跟自己一樣進入警察廳任職，這世上還有天理嗎？

進入警察廳時，龍崎等人的階級是警部補。他們必須在警察大學校接受六個月的初任幹部科培訓課程。即使百般不願，也得跟伊丹一起上課。

接著是九個月的現場研習，以「見習生」身分派駐到各地轄區警署。由於新人幹部候補生會被派到不同的地方，龍崎總算可以不必再見到伊丹。

研習期間真正難熬。像是會同法醫驗屍而感到反胃，惹來訕笑；因為不熟悉業務而犯下小錯，招來破口大罵。

基層員警裡面，也有人露骨地欺凌幹部候補研習生。很多刑警對出人頭地不感興趣。

但只要忍過這九個月，龍崎這些國考出身者就變成警部了。在這個階段，他們的地位就已經超越了第一線的刑警。

這是個宛如電影《軍官與紳士》的世界。預官學校年輕的學員們天天被教官狠操，然而在畢業典禮上，教官卻反過來稱呼他們「長官」，以最敬禮歡送他們離校。

成為警部以後，他們幹部候補要繼續在警察大學校受訓一個月。在這裡，又得跟伊丹面對面。

接下來在警察廳任職兩年，然後再次回到警察大學校受訓一個月。結訓之後，他們就是警視了。

成為警視之後，才會被視為獨當一面的高級事務官。接下來開始派到地方各單位累積經驗，每兩、三年調動一次。這是高級事務官的宿命。

也因為龍崎剛好在這段時期結婚，他完全把伊丹這個人給忘了。總之他忙得團團轉。

二十五歲左右，龍崎也曾在東北地方的警察署擔任署長。當時真是痛快極了。再怎麼說，幾乎所有的部下年紀都比他還大，而那些年紀都可以當他父母的部下，全都必須對他哈腰鞠躬。

累積署長的經驗後，接著就輪調到縣警本部。然後能多快調回中央的警察廳，是飛黃騰達的一項指標。

龍崎受命就任警察廳長官官房的總務課課長時，湧出一股成就感：總算走到這一步了。

往後應該還會有人事異動。但在四十五左右爬上長官官房課長的位置，算是很不錯了。

另一方面，他得知同一時期的人事異動中，伊丹被派任為警視廳的刑事部長，這更令他得意洋洋。

私大畢業果然只有這點能耐。

論職稱，自己是課長，伊丹是部長。但龍崎的單位是國家中樞，而伊丹只不過是地方警察。換句話說，相對於龍崎順利踏入中央行政機關，伊丹還在刑案現場打滾。

當然，在警察機關當中，本部的刑事部長已高不可攀。但說到底，那也是站在地方警察的角度來看，跟警察廳根本不是同一個級別的。

「到場指揮是我的原則……？」龍崎回想起伊丹的話，搖了搖頭。「那樣是不行的。菁英有菁英的工作。」

3

龍崎才剛回座，就被參事官牛島陽介警視監叫去了。

牛島參事官比龍崎大五期，是鹿兒島人，東大畢業。以警察官員來說，資歷堪稱理想，但也有著典型的鹿兒島人脾氣，個性衝動易怒。

牛島參事官雖然已經年過半百，卻不知為何也有著一頭烏黑的頭髮，看上去比實際年齡年輕了十歲左右。個子雖矮，但沒有大肚腩，給人精力旺盛的印象。

「參事官找我？」

龍崎在牛島參事官的辦公桌正面立正站好。

「我要問你綾瀨署的事。現在是什麼情況？」

牛島參事官說話向來開門見山，也要求部下同樣直截了當。

「死者是黑道分子，轄區警署似乎正在朝幫派火併偵辦。」

「死者身分不單純。」

「是的。他是八〇年代末期，足立區發生的綁架、監禁、強姦、殺人及棄屍案的犯人。」

牛島參事官用那雙銅鈴大眼狠狠地瞪住龍崎。

「這方面的策略是什麼？」

「我指示警視廳暫時下達封口令。死者已經服刑完畢出獄，我認為這牽涉到個人隱私問題。」

龍崎淌下冷汗。

千鈞一髮。幸好他提早到辦公室，立刻找伊丹問話。

要是被參事官找來，自己卻一問三不知，肯定要被罵個狗血淋頭。挨罵本身是沒有什麼。因為鹿兒島人牛島動不動就吼人。問題在於自己是否確實做好該做的工作。高級事務官從起步到退休，整段職涯都處在升遷的競爭當中，因此升遷確實重要，但是對龍崎來說，是否盡到官員的職責更重要。

「媒體應該已經挖到消息了。這上網查一下就知道了。」

「我會透過公關室採取措施。死者的前科屬於個人隱私，我會請各媒體不要揭露，列入協議事項。」

「一定會有人搶先爆料。一旦有人報了，其他報社也不會沉默。」

龍崎迅速動起腦來。

「我想就任由他們去報。如果有重大前科的是兇嫌，可能會引發輿論沸騰，但這次有前科的是死者。」
牛島用那雙銅鈴大眼盯了龍崎一會兒。龍崎正面迎視。牛島在思索。
「他的前科跟這次命案有關嗎？」
「目前應該無關。」
「根據是什麼？」
「行凶的手法。考慮到凶器是槍枝，黑道火併的可能性更大。」
「好。」
牛島把視線從龍崎身上移開，拿起桌上的文件。這個動作意味著談話結束，可以離開了。
龍崎行了個禮，離開參事官的辦公桌。
他忍不住吁了一口氣。總算是克服危機了。
想像自己差點毫不知情，一臉蠢樣地杵在參事官面前，龍崎又再次淌下冷汗。
他隨即前往刑事局，快步走向搜查第一課的課長辦公桌。坂上榮太郎課長抬起那張神經質的臉，扁平的臉上戴著無框眼鏡。他京大畢業，比龍崎早兩期。

坂上搜查第一課長的桌上放著報紙，打開的剛好是社會版。

龍崎指著報紙說：「報紙真行啊。」

坂上露出怔愣的表情。

「什麼意思？」

「連我不知道的犯罪都刊登在上面。實在了不起。」

坂上這才察覺龍崎是來抗議的，表情變得有些不悅。

「有話直說行嗎？」

「綾瀨署的命案，是昨天晚上接到報案的吧？」

「沒錯。晚上十點半左右，有民眾報警說聽到槍聲，綾瀨署地域課派出兩名人員趕到現場，在報案民眾住處旁的廢棄工廠土地發現遺體。」

「警視廳的刑事部長說，第一時間就查到死者是過去重大刑案的犯人了。」

「噢？不愧是從小認識的，會密切交流資訊呢。」
「少扯了，是我今早火速把他叫來的。警視廳的刑事部長說他早就報告刑事局了，為什麼不通知我？」
「你找錯對象了。」
「什麼？」
「我們確實接到報告了，不過那是黑道火併吧？我已經報告給組織犯罪對策部，之後就不關我的事了。」
「通知組織犯罪對策部時，為什麼不順帶知會我一聲？」
「火氣別那麼大。不過是黑道火併罷了，交給轄區處理就行了。」
「萬一與過去的重大刑案有關怎麼辦？」
坂上皺起眉頭。
「你也太杞人憂天了。我沒接到那樣的報告。就算萬一真的是，查清楚了再來想對策就行了。」
那樣就太遲了。

龍崎在內心責罵坂上。

「往後請盡快將訊息通知給長官官房。」

「好啦，知道了。」

坂上敷衍地應話。龍崎已經不想理他了。他轉身離開坂上的辦公桌。

這傢伙果然沒用。

龍崎心想。

毫無幹勁。因為是京大出身，老早就放棄升遷了嗎？或許他滿足於現在的位置。

實際上，警察廳課長是許多警察官員的終點。只有少數人能夠成為部長、局長的人，能當上警察廳首長的人才，更是少之又少。

坂上應該會再調到地方，在地方退休。龍崎認為與這種對象爭論是浪費時間。

他本來還想去組織犯罪對策部抗議，但已經失去了動力。向參事官報告，已經耗掉他大半的能量了。與坂上談過後，更覺徒勞。

龍崎決定直接回到座位，處理累積的公務。總務課的工作龐雜得可怕，送上來的文件數量也非比尋常。

光是看文件、蓋印章，就能耗掉一整天。也有不少臨時要處理的工作。龍崎埋首業務，把黑道命案趕到腦袋角落。

龍崎一如往常，十點多回到家。警察廳的可貴之處，在於不像一般企業，下班後同事會結伴一起去喝酒。

更衣後立刻用晚飯。週間龍崎回家後幾乎什麼都不做，洗完澡就上床睡覺。隔天還得六點起床，沒工夫浪費時間。

脫下西裝，正要到餐桌就座，他發現女兒美紀已經等在那裡了。

「怎麼……」龍崎把視線從女兒臉上移開說。最近總覺得女兒變得很耀眼。「這種時間吃晚飯？」

「早就吃完了。我有話要跟爸說。」

直到兩、三年前，美紀甚至不肯跟龍崎說話。當時正值叛逆期吧。

美紀是夫妻第一個孩子，所以龍崎很疼她，美紀小時候也成天膩著父親。據說愈是這樣的女兒，青春期對父親的反感就愈大。

不過進了大學，一個人搬出去住以後，美紀就不再那麼討厭龍崎了。是因為青春期過去，變得成熟了吧。

龍崎在大阪府警擔任警備部長的時候，美紀考上了大學。她說她想報考上智大學，龍崎並沒有反對。

兒子一定要上東大，但女兒要讀哪間大學，他不怎麼關心。坦白說，讀哪裡都無所謂。如果考上，美紀就得一個人搬去東京住，但龍崎確信自己很快就會調到東京，覺得也不會分開多長的時間。

不出所料，美紀上大學的隔年，龍崎就調到現在的職位。他分配到都心的公寓宿舍，把在外租屋的美紀找回來一起住。

美紀也沒有埋怨，退掉獨居的住處，回到一家同住的生活。

妻子冴子拿了罐裝啤酒過來。

龍崎的習慣是，一天只喝一罐三百五十毫升的啤酒。他自己把啤酒倒入杯子享用。

美紀默默地看著。

龍崎拿起筷子，夾起薄醃小黃瓜說：「有事就說吧。」

「是我跟三村的事。」

「婚事還談得順利嗎？」

「我說過了，那是爸你們誤會了。」

「誤會？」

「我們還沒有決定要結婚……」

「你們不是在交往嗎？」

「唔，算是在交往沒錯……」

「你對他有什麼不滿嗎？」

「不是那樣啦。只是結婚不是隨隨便便就可以決定的事吧？」

龍崎不太明白。

美紀似乎把戀愛和婚姻視為人生的重大歷程。她還年輕，會這麼想或許也是難怪。

但是在過去的人生當中，龍崎連一次都沒有把戀愛或結婚列為優先考量。偶爾轉開電視，每一齣電視劇都在探討愛情，彷彿這世上最重要的就是戀愛。他真是無法理解。

龍崎也絕非認為戀愛沒有價值。但如果把戀愛視為最重要的事，這樣的人生毫無價值。

龍崎從念書的時候就沒有什麼機會接觸男女交往，第一個交往的對象就是現在的妻子，然後理所當然地結婚。他沒有不滿。

不，老實說，他有種錯過了什麼的感覺。因為他犧牲了只有年輕時候才能享受的樂子，埋首準備國家公務員甲種考試。

但龍崎要自己這麼想：這就是我的人生。

「爸以為你一畢業，就要跟三村結婚……」

「因為如果我跟三村結婚，對爸才有幫助對吧？」

「沒錯。」龍崎說。「確實有幫助。」

美紀面露慍色。

「你那是什麼表情？」龍崎說。「爸只是誠實回答你的問題。」

「那根本是政治婚姻！爸為了升官，甚至連我的婚姻都要利用嗎？」

龍崎大吃一驚：「爸可沒叫你跟三村交往，也沒逼你結婚。」

美紀交往的對象，是大阪府警本部長三村祿郎的長男忠典。警察官員之間不太有私交，但三村本部長是個例外。

在大阪工作的時候，三村希望與龍崎有家庭間的交流，逢年過節，都會邀請龍崎一家相聚。

三村曾經被派到駐德日本大使館擔任參事官，就是在那時候養成舉辦家庭派對的習慣的。

對於這樣的習慣，龍崎並不感到排斥。不同的上司總有不同的愛好，如此罷了。

美紀與忠典便是在三村家舉行的家庭派對上認識的。

忠典就讀東京的私立大學，一個人住在東京，當時應該是回家過春假。

兩人似乎很投緣，他們很快又在東京碰面，開始交往。不過孩子的事龍崎全部交給妻子冴子，對此事毫無所悉，還是三村本部長告訴他的。

三村似乎很看好這段關係。他遲早會回到中央機關，屆時非常有可能成為龍崎的頭頂上司。再考慮到退休以後，與學長建立起密切的關係並不是件壞事。如此一來，退休後也有機會空降至受他庇蔭的公司。

退休官員的「空降」經常成為社會批判的對象。民間公司在不景氣中掙扎求生，然而退休後的官員卻空降到各種法人擔任肥貓，而這些法人又是浪費稅金、年金、郵政儲金最大的主因，因而被視為問題。

龍崎也認為現在的體制不盡理想。但不論對錯好壞，龍崎他們都必須在這個世界裡存活下去。

考上東大，並通過國家公務員第一種考試，意味著或多或少都犧牲了青春。特別是龍崎這樣的凡人，更是付出了比別人多一倍的努力。

因為犧牲了青春，他希望退休後能享點福。這是龍崎的肺腑之言。

換句話說，美紀與忠典交往，對龍崎來說，確實是好處多於壞處。

然而被說是政治婚姻，令他錯愕。

三村本部長確實是想要促成這段姻緣，但龍崎並沒有積極推動。

他詢問過妻子，妻子說美紀好像也有結婚的意思，所以他才認為「那他們很快就會結婚了吧」，只是這樣而已。

美紀突然站了起來。

「算了！」

她撇下這話，快步離開餐廳，關進自己房間了。

女兒激烈的反應把龍崎嚇著了。

「她是怎麼搞的……？」

妻子冴子端來熱過的味噌湯。

「還怎麼搞的，你真是……」

「喂！」龍崎轉向冴子。「難道是我害的？」

「美紀是在猶豫啊。你連搖擺不定的少女心都不懂嗎？」

龍崎茫然看著冴子。

「她在猶豫要不要結婚？」

「那當然會猶豫啦。她也是擔心萬一拒絕，可能會給父親添麻煩啊。」

「給我添麻煩？怎麼會？」

龍崎真心不懂。

「因為三村先生以前是你的上司。」

「這是兩碼子事吧？」

「可是你不是跟美紀說，如果他跟忠典結婚，對你有幫助嗎？」

「這是事實，要不然還能怎麼說？這樁婚事對我確實只有好處，沒有壞處。」

「哪有人這樣說話的？」

「她問我，所以我老實回答，這哪裡不對了？」

冴子在桌子對面坐下，大剌剌地嘆口氣。

「哎，誰教你是個怪人……」

「你動不動就這樣說，我到底哪裡怪了？」

「你太不食人間煙火了。真是的，你這種人居然能在警察廳工作，簡直匪夷所思。」

龍崎一口氣喝光杯裡剩下的啤酒。他以為這動作表達了對妻子發言的憤怒，但只見妻子一臉雲淡風輕。

「我在這個年紀就幹到長官官房的課長，比你想像中能幹多了。」

「公家機關的工作或許你是有辦法啦……」

龍崎忍不住又露出怔愣的表情問：「能做好公家機關的工作不就好了嗎？我是公家機關的公務員啊。」

「你真是個怪人。」

「你說清楚，我到底哪裡怪了？」

「你完全沒發現自己跟社會脫節得有多嚴重呢。」

「不管社會是什麼樣子，有必要去曲意迎合嗎？」

「你知道你這種人叫做什麼嗎？」

「叫做什麼？」

「木頭。」

「你說的社會到底是什麼？整天被電視那些媒體煽動的膚淺社會嗎？那只是假象。是毫無內涵、空有外貌的世界。」

「你是說我們活在假象中？」

「沒錯。那是虛構的世界。民眾被媒體操控，興趣全放在現在流行什麼、什麼最有趣、誰最有人氣。不管是電視還是報紙，都不會報導真正重要的事。社會案件也是，我們警察怎麼發表，媒體就怎麼報導。至於政治就更極端了。政治的本質總是被隱藏起來，民眾被各種風向牽著鼻子走，受到操弄，免得他們去正視真正重要的問題。」

「你想說，操控民眾的就是你們？」

「當然了。」龍崎一副別說你現在才發覺的口吻說道。「管理這個國家的是我們，不是被媒體洗腦成窩囊廢的國民。」

「我就是在說你這種想法與社會脫節。所以政治才會永遠那麼糟。」

龍崎心頭一驚，趕緊說：「政治跟我們的工作無關。當然，少了我們官員，委員會和內閣會議都無法運作，也沒辦法進行國會答詢，但選出政治人物的不是我們。政治會這麼糟，是國民自己的問題。政治人物是國民選出來的。每個日本國民都有參政權和被選舉權。你說現在的政治很糟，這不也是國民自找的嗎？」

「你也是國民之一啊。」

「我們國家公務員不是一般國民。」

「你想說你們是菁英是吧？」

「沒錯。」對龍崎來說，這也是天經地義的事。「我們是萬中選一的人才。我們有義務讓國家順利運轉、保護國家。所以緊急時刻，我們也有率先犧牲的覺悟。」

「犧牲？只是嘴巴說說吧？」

「不，我是認真的。我不是從年輕的時候就一直跟你說嗎？」

「你說的緊急時刻，是什麼時刻？」

「國家面臨危難的時刻。你想想戰國時代吧，在那個時代，武將是政治人物，也是官員。農民為什麼要繳納米糧？因為他們相信武將會保護他們。歐洲貴族也是如此，貴族能過著不同於農民的富裕生活，是因為他們捨命保護自己的領土和領民。」

「現在是民主時代吔。你不是也說政治是屬於國民的嗎？你那種想法根本是時代錯亂。」

「不是的。只有賭上性命才能保護國家。尤其警察廳是對抗犯罪和恐怖攻擊的最前線。自衛隊是不打仗的軍隊，但全國的警察組織每一個都是實戰部隊。」

「怎麼扯到那邊去了？」冴子說。「明明是在講美紀的事……」

「總之，家裡的事就交給你了。」

「有時候還是需要父親出面的。」

「我必須為國事操煩。家裡的問題交給你處理。」

龍崎自以為這話帥氣十足，但冴子完全沒搭理，離開廚房了。

用完飯洗完澡後，龍崎直接躺上床。不怎麼寬敞的臥室被兩張床鋪占領。

龍崎在被窩裡想起妻子冴子的話。

為什麼每個人都說我是怪人？

以前伊丹也這麼說過他。

龍崎自認為自己的想法合情合理。也許一般民眾無法理解。

燕雀安知鴻鵠志，這是世間至理。

但連同為菁英的伊丹都把他當成怪人，這又是為什麼？

這表示那傢伙果然只是個小人物嗎？畢竟是放棄出人頭地壯志的私大畢業生。在高級官員的世界裡，升遷之所以重要，是因為地位愈高，權限也就愈大。基層做不到的事，係長做得到；係長做不到的事，課長輔佐做得到；課長輔佐做不到的事，課長做得到……道理就這麼簡單。雖然也有些人說什麼「人比人，氣死人」，對升遷競爭嗤之以鼻，但龍崎很清楚，那只不過是藉口。

官員的世界裡，無法升遷有許多理由。有畢業大學這類莫可奈何的問題，也有父母的職業這類自己無能為力的理由。但龍崎認為最重要的關鍵還是怠惰。從龍崎的角度來看，無法考上最高學府，也是少年時期怠惰的苦果。

官員口中的「人比人，氣死人」，意指「反正也當不到事務次官」。警察廳長官與其他省廳的事務次官同級。高級事務官的頂點的就是事務次官或長官。

龍崎覺得「人比人，氣死人」的畫地自限毫無意義。如果升遷只是爭個虛銜，這樣說或許是對的。但對龍崎來說，升遷是權限的問題。他嚴肅地認為往上爬是很重要的。

不行……

龍崎翻了個身。

胡思亂想會減少睡眠時間。睡眠不足是工作上的大敵。

他在辦公室看過主要的幾份晚報，沒有一家報導黑道命案死者的過去。

也沒接到通知說電視新聞有報。

看來伊丹那傢伙處理得不錯。雖然伊丹這傢伙喜歡招搖，但該做的事還是會做。好歹也是菁英官員，理所當然。

透過谷岡公關室長私下要求各家媒體高層自我約束的策略，似乎也奏效了。

龍崎想著這些，總算感覺到睡意悄悄造訪。

4

龍崎以驚人的速度瀏覽各種文件與報告。必須把內容全部輸入腦中。這幾乎超越了人類處理能力的極限，但菁英非做到不可。

除此之外，有時還會突然被參事官等上司叫去。上司的問題，龍崎必須親自回答，不能交給課長補佐等人去處理。

由於日子如此忙碌，感覺綾瀨署的黑道命案已成了陳年舊事。

週間，龍崎累得像條狗似地回到家，完成用餐、洗澡等例行公事，然後上床睡覺。

而到了週日，他已筋疲力盡，完全提不起勁出門。龍崎的原則是，假日就盡量休息。也有人會把懸而未決的案件卷宗放進電腦帶回家，但龍崎絕對不這麼做。這不僅有洩漏機密之虞，而且在家工作，效率也不可能好。

愈忙碌就必須愈重視休息。龍崎很清楚這一點。

兒子邦彥關在自己的房間，幾乎一整天沒看到人影。龍崎覺得他是考生，這樣很好。

美紀出門打工，不過晚上八點多就回家了。龍崎說學生不必賺錢，但美紀主張打工也是社會經驗的一種。

龍崎認為比起社會經驗，學生還有太多該學習的事。能夠投入學問的時間有限，等到畢業以後，社會經驗愛怎麼累積都不成問題，因此有限的學生生涯，應該拚命吸收學問才對。即使不會立刻派上用場，總有一天必定也會有所助益。

不過就算吹毛求疵地對美紀說這些也沒用。龍崎對女兒的學校生活不怎麼關心。也許別人會說他冷漠，但事實就是如此，無可奈何。

一家人難得一起用晚餐，對話卻不熱絡。難得的假日，龍崎也不想聽煩人的事，所以沒有吭聲。

大體上算是平靜的假日結束，龍崎提早上床。

深夜時分，電話響了。

他抓起床頭的電話接聽。

「喂，龍崎家……」

「我是伊丹。」

警視廳的刑事部長居然在這種時間打電話來，顯然發生了緊急狀況。龍崎探出身體，把電話旁邊的便條紙和原子筆抓過來。

「怎麼了？」

「發生命案了。」

「地點呢？」

「埼玉市內倒閉的酒家空地。」

龍崎蹙眉。

腦袋還沒開始運轉。

「喂，埼玉市內？怎麼會是警視廳的你來聯絡？要是埼玉縣警打電話來還可以了解……」

龍崎曾為綾瀨署的事提出抗議，所以懷疑伊丹這是騷擾式的報復。但伊丹的聲音聽起來異於平常，感覺很緊迫。

「跟那件事有關。」

「那件事？」

「綾瀨署的黑道命案。」

「什麼意思？」

「警方接到報案說有槍聲。是十二點多的事。埼玉縣警轄區負責初步偵辦，死者的身分很快就查出來了，和綾瀨署命案的死者保志野俊一一樣，過去曾因為同一起案子被捕入獄。」

這番話帶來的衝擊，讓龍崎的腦袋總算動了起來。

看看時鐘，已經一點多了。

「接到報案已經一個小時了，怎麼這麼久才通知我？」

「埼玉縣警先聯絡組織犯罪對策部，然後再轉到我這裡來。好像在組對（註：組織犯罪對策部之簡稱）那裡卡了一點時間。」

「你現在在哪裡？」

「警視廳。在等待後續報告。」

「好，我立刻過去。」

「噢？警察廳的課長大人要大駕光臨……？」

伊丹連這種時候都要耍嘴皮子。似乎是想展現他的遊刃有餘。他希望別人以為他老神在在。這也是他的把戲之一。

沒空跟他貧嘴。龍崎掛了電話，立刻穿戴整齊。

妻子想要從床上起身。

「沒關係，你睡吧。」龍崎說。

「不行啦。」

「不，你睡。你的職責是保護這個家，不必奉陪我的工作。」

妻子沒問出了什麼事。她知道反正龍崎也不會解釋。

妻子從床上坐起來說：「慢走，路上小心……」

「嗯。視情況，可能好幾天都沒辦法回來。」

「我知道了。」

龍崎走出家門，招了計程車，前往警視廳。

他正要經過櫃台，穿制服的年輕警官叫住了他，攔在前方不讓他過去。

「我是警察廳的龍崎。我很急。」

年輕警官不知所措地說：「請出示證件。」

龍崎依言亮出證件，對檢查的年輕警官說：「心態值得嘉許，但也要看場合和對象。」

年輕警官的臉色煞時變得慘白，立刻退到旁邊讓路。

龍崎大步經過。他自知這番恐嚇太幼稚了，但現在的心情讓他甚至想要遷怒於櫃台的警察。

搭乘低樓層電梯到六樓。刑事部一片兵荒馬亂。龍崎立刻前往部長辦公室。部長辦公桌旁圍著理事官、搜查一課課長、管理官等人，正在討論。除了伊丹，每個人都一臉緊張。

「嗨，辛苦啦。」

一看到龍崎，伊丹便以格格不入的開朗聲音說。

這句話引得在場所有的人都轉過頭來。除了伊丹以外，高級事務官只有參事官和理事官。

搜查一課長田端守雄警視，以及管理官池谷洋一、池田厚作這兩名警視，都是從現場實幹上來的。

這當中田端課長年紀應該是最大的，面龐淺黑，典型宵旰焦勞的警察官。體格矮胖，據聞學生時代是名柔道好手。

除了伊丹以外，每個人看到龍崎都立正站好。龍崎開口：「現在的狀況是……？」

「死者名叫水戶信介。」伊丹回答。「在貨運公司上班，三十三歲。和綾瀨署命案的死者保志野俊一是那起重大凶案的共犯。」

「綁架、監禁、強姦、殺人、棄屍，是這起案子的共犯？」

「沒錯。」

「殺害手法呢？」

「槍殺。現在正在鑑定體內的子彈，不過和綾瀨署的案子應該是同一把手槍。」

「換句話說，綾瀨署一案，不是單純的黑道火併？」

龍崎自以為語氣責備，伊丹卻以事不關己的口氣說：「確實應該這麼判斷。保志野和水戶當年涉入的命案因為情節太殘忍聳動，社會喧騰一時。」

「主犯還在服刑吧？」

「對。只有主犯被判二十年的徒刑，還在服刑，但其他涉入命案的共犯當時都未成年，現在都已經出獄了。而其中兩人被槍殺了。」

「只為了凌辱這個目的，就綁架、監禁女高中生。輪姦、施暴一個月以上，最後把人殺了……」龍崎說。「實在太駭人聽聞了。我也還記憶猶新。」

而且歹徒一夥是因為犯下其他強姦案被捕，在偵訊過程中才讓這起案子曝了光。

換句話說，他們把一名少女徹底凌辱、殺害並棄屍之後，又滿不在乎地找下一名獵物下手。

「有必要調查一下那起案子的被害人家屬。」龍崎說。

伊丹回話：「已經安排了。偵辦就交給我們吧。問題是媒體。保志野遇害時，因為他是死者，所以過去的案底才沒被媒體揭露。」

「是我們這邊設法壓下的。」

「嗯，我知道。但警視廳也下了徹底的封口令。是我親自下令的。」

伊丹說得彷彿這是一件多了不起的功勞。對轄區刑警來說，警視廳的刑事部長確實高不可攀；但看在警察廳高官的龍崎眼中，根本算不上什麼角色。親自下令是天經地義，而命令能否確實傳達給每一個人並貫徹執行，又是另一個問題了。

現場經常不把上頭的策略當一回事。他們更重視眼前尚未解決的問題、以及平日打交道的人。

龍崎相信，保志野俊一遇害時，他的前科沒有被報出來，全拜警察廳公關室的事先疏通之賜。

「保志野俊一命案本來是依黑道火併的方向偵辦吧？結果錯估了。」龍崎說。「初步偵辦的時候，沒有考慮到和過去案件的關係嗎？」

伊丹辦公桌周圍的課長和其他幹部都一臉苦澀。他們想要反駁，但對方是警察廳長官官房的課長，難以啟齒。

他們只能依靠伊丹了。伊丹開口道：「從槍殺的手法判斷是黑道火併，是很合理的推斷。而且我們並沒有忽略過去的案子。實際上這案子雖然轉由組對部處理，但綾瀨署的刑事課調查員仍然持續在調查被害人的人際關係。」

雖然伊丹振振有詞，但龍崎認為他應該沒有嘴上說的那麼有自信。伊丹說偵辦就交給他們，這句話也可以解釋為「不要干涉現場」。然而，實際上他們已經在初步偵辦中犯了錯，若能在最初的階段就做出妥當的判斷，或許就能及早鎖定嫌犯，防堵第二起命案。

龍崎也知道，即便現在指出這一點也於事無補。重要的是往後的對策。

「接下來要怎麼做？」龍崎問伊丹。

「偵查回到起點了。現在正在討論設置搜查本部的事。第二起命案發生在埼玉縣，所以必須請示警察廳。」

龍崎點點頭。

「聯絡刑事局了嗎？」

「當然通知了。刑事局要我明天一早過去報告。」

龍崎很驚訝。

「沒有半個人過來嗎？」

「沒什麼好奇怪的，現在是週日晚上啊。」

語氣聽起來有些諷刺。

儘管三更半夜的，警視廳的幹部卻像這樣齊聚一堂；然而警察廳的刑事局卻沒有半個人到場，而是叫刑事部長明天一早再去報告。

「他們在搞什麼……」龍崎忍不住嘀咕。「身為國家公務員，居然……」

伊丹聽到這話，忽然緩和了表情說：「你真是個怪人吶……」

「我哪裡怪了？」

「都做到警察廳的課長了，卻三更半夜接到一通電話就衝過來。會有這種反應的也只有你了。」

「我只是盡我應盡的責任。」

龍崎是真心這麼想的。他自詡為菁英，菁英擁有特權，但同時當然也背負著重大的義務。他打從心底如此深信，身邊的人卻很難理解。

伊丹說：「這就叫做怪人。」

「這不重要。明天早上得在例行記者會上說明案情對吧？與那起案子的關係要怎麼處理？」

「只能據實以告吧。現場的記者已經知道保志野俊一是那起重大凶案的兇手之一，沒辦法再繼續堵住他們的嘴了。」

龍崎尋思了一下這段話，點了點頭。

似乎也只能這麼做了。這將成為週刊雜誌絕佳的題材，但沒辦法遏阻。若是忽略了報導自由，將會遭到更大的反撲。

「搜查本部要設在哪？」龍崎問伊丹。

「我認為應該設在綾瀨署。過去的案子也發生在綾瀨署轄內。這次的第一起命案也由綾瀨署負責初步偵辦。」

「本部長由你擔任吧？」

「沒錯。副本部長是綾瀨署署長。本部主任由田端搜查一課長擔任。」

龍崎看田端說：「麻煩你了。」

田端恭謹地行禮。

「總之我們還有子彈。」田端說。「這是個重大線索。」

龍崎對此有些存疑，但沒有針對這一點說什麼。

在以前，手槍確實是重大線索。這反映出當時手槍在日本國內就是如此罕見。但從八〇年代開始，狀況改變了。

因為國內開始出現從中國地區大量流入的托卡列夫仿造手槍。根據統計，現在每三名黑道分子，就有一名持有槍械。

若加上中國黑幫等海外犯罪組織，數量肯定更多。進入二十一世紀的現在，日本國內的手槍早已沒有過去那麼稀奇了。

「那就拜託了。」

伊丹對田端課長等人說。他們向伊丹行了最敬禮，然後同樣向龍崎行禮，留下一聲「告退」，離開辦公室。

辦公室裡只剩下伊丹和龍崎。

「你覺得兇手是個怎樣的人？」伊丹問龍崎。

龍崎不解其意。

「我哪知道？我才剛聽到案子的梗概而已。」

「不是一般平民。這可以猜到吧？」

「你不是說我完全不了解現場嗎？」

「沒錯，我是說過，但我可沒說你無能。」

伊丹大剌剌的言詞總是教人火冒三丈。龍崎不是記恨小學的霸凌，但也沒有忘記。周圍的人會認為龍崎和伊丹感情好，原因大半出在伊丹身上。因為伊丹總是把龍崎當哥兒們看待。龍崎盡量擺出公事公辦的態度，但伊丹全不在乎。他那種沒神經的地方也讓人生氣。

龍崎回答問題：「依常理來看，兇手應該與那起命案被害人有關。像是家屬，或是親近的人……」

「那起案子的被害人是女高中生，就算有要好的男性朋友也不奇怪……如果年紀相仿，現在應該和保志野俊一還有水戶信介差不多歲數。」

「說到家屬，也不只有親兄弟姊妹。查一下親戚，或許可以發現新的事證。」

伊丹露出沉思的表情。

「你是說，這是復仇？」

「可能性很大吧？」

「兇手得知那些犯人陸續出獄，所以展開報復……？」

「站在家屬和親朋好友的立場，犯人幹下如此凶殘的案件，居然能回歸一般社會，可能會覺得難以原諒。」

伊丹一臉意外地看龍崎。

「你那是什麼表情？」龍崎說。「我這話有什麼不對嗎？」

「呃，你居然會批判司法制度。」

「就算是我，也不認為現在的司法制度完美無缺。尤其是審判制度，有許多必須重新檢討的地方。」

「就是這一點令我不解。」

「什麼意思？」

「我說你啦。有時聽你做出非常官僚的發言，卻又會像這樣批評現行體制。實在不懂哪邊才是你的真心話。」

這話反而令龍崎困惑了。他自認為總是堅持原則，但看在伊丹眼中，似乎並非這麼一回事。

「我不是在批評現行體制，完全是站在家屬的立場設想而已。我也有女兒，看到那種兇案，還是會覺得難以忍受。」

「這也教人意外……」

「哪裡意外了？」

「你居然在辦公的時候談論個人感情，真罕見。」

「我也是有感情的，只是努力不讓感情影響判斷而已。」

「你知道同期的都怎麼說你嗎？」

「不知道，也沒興趣。」

「大家都說不曉得你腦袋裡在想些什麼。」

「那只是他們無法理解我的想法。不管這個，拜託你不要那樣隨便亂說好嗎？」

「我亂說什麼？」

「剛才你在課長等人面前說我是怪人。」

「可是這是事實啊。」

龍崎莫名煩躁地看時鐘。兩點多了。已經過了早報的截稿時間，他感到心情輕鬆了些。

「我要回去警察廳。長官官房那裡也許會有什麼動靜。」

「不會有人去的啦。」

「那我把他們叫去。」

「搜查本部要等到明早才會設立，在那之前不會有動靜。你回家睡個覺如何？反正刑事局的人也要等到早上才會來上班。」

「那不成，也許長官一早會有問題要問。」

「回答問題是刑事局的職責吧？」

「但安排是我的工作。」

「你跟我不一樣，是高級官員，應該可以更輕鬆點的。」

「少胡說了，保護國家的我們怎麼可以輕鬆？」

伊丹默默地盯著龍崎好半晌，然後微微地笑道。

「聽起來像肺腑之言，所以才說你真的很不可思議。」

龍崎什麼也沒說，離開伊丹的辦公室。

5

龍崎一走出刑事部長的辦公室，立刻遭到記者包圍。駐守在記者俱樂部（註：日本的新聞機構所組成的聯合組織，會在日本政府各機關單位設置記者室，有記者常駐）的記者應該是嗅出氣氛非比尋常了。龍崎用一句「請等明天早上的記者會聲明」搪塞過去，甩開記者，趕往中央共同辦公大樓二號館的警察廳長官官房。

警察廳異於警視廳，一片閒散。警視廳內隨時都有警察值班，和白天並無不同，搞不好夜間比白天還要熱鬧。

但上白天班的警察廳和其他政府機關沒有兩樣。

龍崎先到二樓的公關室去。樓層燈光還是亮的。他一進入辦公室，谷岡公關室長便抬起頭來。谷岡左耳貼著話筒，正在講電話。龍崎向谷岡點點頭走過去，谷岡一掛斷電話便站了起來。

「我沒想到課長會來……」

「被伊丹打電話叫起來了。」

「課長已經去過警視廳了……？」

「剛去過。他們說要在綾瀨署設搜查本部。不管怎麼樣，要到早上才會正式行動。你怎麼會知道出事了？」

「《東日新聞》的社會部部長打電話給我。似乎是埼玉縣警轄區的刑警通風報信的。」

「看來馬上就會傳開了……」

「《東日新聞》說他們上次配合我們，但這次會直接刊出。」

「隨他們去。」龍崎說。「已經擋不下來了。」

「截稿時間已經過了，但如果是獨家頭條，有可能會臨時抽換報導。早上就會見報了。」

「我知道。跟我來。」

龍崎前往十六樓的總務課。谷岡默默跟隨龍崎到辦公桌。

龍崎坐下後，隨即拿起話筒。

首先打電話給參事官牛島。次序非常重要，高級官員對次序斤斤計較。保志野遇害的綾瀨署命案時，第一個把龍崎找去的上司是參事官。

鈴聲響了八聲，傳來中年婦女不悅的聲音。一定是參事官夫人。龍崎極盡恭敬地報上身分，請參事官聽電話。

不久後話筒傳來牛島參事官的聲音。顯然比夫人更不高興好幾倍。

「幹什麼？」

「埼玉縣埼玉市內發生命案，死者是一名貨運公司職員。現場在倒閉小酒店拆除後的空地，凶器是手槍。」

龍崎以機械式的語氣迅速報告。

電話另一頭傳來不滿的呻吟：「這怎麼了嗎？」

「這次的死者與綾瀨署轄區內遇害的黑道分子有關係。他們過去因同一起案子入獄服刑，但已經出獄……」

「喂，等一下……」牛島參事官打斷龍崎的說明。「你說過去的案子，是那起女高中生命案嗎？」

「是的，就是那起綁架、監禁、強姦、殺人，以及棄屍的案子。」

「你不是說綾瀨署的命案和那起案子無關嗎？」

這裡是關鍵，絕不能搞砸，龍崎想。必須句斟字酌。

「當時無論是轄區或警視廳本廳，都判斷不需要考慮兩者之間的關係。」

一段沉默。牛島在尋思。

不久後牛島開口：「那刑事局那邊呢？」

「據說他們要警視廳的刑事部長明天一早第一時間去報告。」

「這麼悠哉……長官會立刻要求說明的。」

「我就是這麼認為，才會打電話通知參事官。我已經在警察廳待命了。公關室長也來了。」

「已經和警視廳聯絡上了吧？」

「我和刑事部長直接見過面了。」

「不愧是同期，合作無間。」

這跟是不是同期無關。

龍崎這麼想，但當然沒有說出口。牛島的聲音恢復了中氣，睡意似乎已經消散了。

「好，你立刻打給坂上。我會打給官房長，擬定今後的對策。」

「遵命。」

電話掛斷了。

龍崎隨即又打給刑事局搜查第一課課長坂上。他想起坂上那張戴著無框眼鏡、五官平坦的臉孔，不禁有些憂鬱。肯定又會被酸。說不定還會歇斯底里地大吼大叫。坂上就是這種個性。

接電話的是坂上本人。

「我是龍崎。」

「什麼事？」

「是關於埼玉發生的案子。」

「哦……」語氣毫不保留地透露出厭煩。「剛才警視廳的伊丹打過電話了。我叫他等我上班再來報告。」

果然就是這傢伙的指示。

龍崎尋思起來。一般來說，只有碰上緊急狀況的時候，警視廳的刑事部長才會三更半夜打電話來，然而卻叫對方等到明早再來報告，龍崎本來就在猜，會做出這種荒誕指示的也只有坂上了。

這傢伙根本就把國家大事當成無關痛癢的例行公事。是龍崎最痛恨的官僚類型。

「剛才我和牛島參事官談過了。長官應該一早就會問起這件事，必須在那之前整理好訊息才行。」

「官房在慌些什麼啊？」坂上睏倦地說。也許是為了抗議才故意發出這種聲音。「交給警視廳和埼玉縣警處理不就好了嗎？」

「這次的兩名死者，是過去震驚社會的重大凶案的加害人。」

「這我知道。也許這跟犯罪動機有關。所以伊丹才說要設立搜查本部。而我的工作，只是負責讓警視廳和埼玉縣警順利合作。」

「刑事局局長也是同樣的想法嗎？」

「我才不會去打擾局長，也沒必要聯絡他。你現在在哪裡？」

「我在警察廳。必須在早上以前盡量把資料蒐集齊全。《東日新聞》的早報應該會刊出兩起命案的死者皆是過去重大凶案的兇手，這麼一來，應該會引發一場風波。」

「如果是昔日命案的兇手又行凶殺人，引發的社會輿論才大吧？但這次兩個都是被害人。」

「媒體一定會對犯罪動機大書特書。」

「所以啦，那種事交給現場調查員就行了。坐在我們位置的人必須掌握大局，沒必要像第一線人員那樣無頭蒼蠅似地亂飛。我也忠告你一句，身為高級事務官，必須更穩如泰山。好啦，要是還有什麼事，再通知我吧。我會在家。」

應該是要去睡回籠覺吧，龍崎想。

電話掛斷後，龍崎對一直站在桌前的谷岡說：「被《東日》搶到獨家的話，其他報社應該會齊聲抗議。畢竟綾瀨署的命案時，我們要求不要報導。」

「是的。」

「如果你應付不了就交給我。」

「公關室會盡全力處理。」

「上午的例行記者會，警視廳應該也會提到兩名死者的前科。忍耐到那時候就行了。上午是勝負關鍵。」

「好的。那麼我會在二樓。」

谷岡離開了。

谷岡做得很好，公關室長做得十分稱職。

但龍崎覺得還有進步的空間。策略不足。谷岡年輕經驗還不夠，或許這也是沒辦法的事。但因為谷岡十分優秀而且機靈，令龍崎倍感可惜。

在官員的世界，策略多半意味著對上司察言觀色，以及如何逢凶化吉，鑽營求進。事實上這確實很重要。在政府機關，若無法鞏固自己的地位，什麼事都做不了。

但龍崎心目中的策略並不是這些，而是如何讓巨大的組織順利運作。有人會說那是高層該操心的事，但龍崎不這麼想。組織是各個層級各種想法的聚合體，如果下位者混吃等死，不管上位者提出再出色的策略，也施展不開。

無時無刻都必須思考如何善用部下，引導上司。上位者隨時都要下判斷，這時他們依靠的是資訊。因此引導上司最大的誘餌就是資訊。

谷岡還兼任課長輔佐。但如果他只知道像個跟屁蟲似地黏在龍崎身邊，是成不了氣候的。龍崎覺得如果連這種事都得一一提點才懂，谷岡實在不可能勝任高級事務官。

不，如果只是想要保住高級事務官的地位，總有辦法混得下去。光是通過國家公務員第一種考試，就已經得到了一定程度的身分保障。接下來只要隨波逐流，也許就能一直尸位素餐直到退休——就像坂上那種人生態度。但龍崎知道，坂上那種官僚會讓政府機關腐敗。

「咦，課長您在啊？」

突然有人出聲，龍崎嚇了一跳。年輕課員抱著一疊文件走了進來。

「假日加班？」龍崎問。

「是的，處理預算委員會的質詢。據說民主黨要對北海道警的黑金問題提出質詢，要求把錢歸還給北海道政府和中央……」

「辛苦了。」

「課長呢？怎麼來了？」

「出了兩起命案。可能會有點複雜……」

「命案嗎……？」年輕課員露出苦笑。「這不是官房的總務課應該蹚渾水的事吧。」

這名職員也具有菁英意識。

警察廳的長官官房，事務多半與政治人物及內閣相關，眼界很容易就限制在這裡，結果便會將市井發生的社會案件視為芝麻小事。

無論再怎麼凶殘的案件，都會把它當成是地方警察的工作。

看在龍崎眼裡，這是錯誤的菁英意識。高級事務官必須具備菁英意識，前提是那必須是正確的菁英意識。

不容否定，警察廳的高級事務官傾向於輕視社會案件與事故，把它們當成地方警察的工作。就是這種觀念造成了他們與警察機關之間的鴻溝。

「總務課什麼都得管。」龍崎說。

年輕課員曖昧地點點頭，往自己的座位走去。

凌晨兩點半。有人工作到這種時間。而他們的名字永遠都不可能出現在委員會或國會的答辯上。

龍崎辦公桌的電話響了。

他立刻接聽。

「我是龍崎。」

頓時，聽筒迸出一聲暴吼：「你搞什麼飛機啊！」

龍崎瞬間慌了一下，但強自冷靜回答：「請問是……？」

「我阿久根啦。」

是刑事局局長阿久根伸篤警視監。他和牛島一樣，是鹿兒島人。

「局長，怎麼了嗎？」

「還怎麼了！你在那種地方幹什麼！」

「我在等資訊彙報上來。必須趕在早上以前整理出大概。」

「你不知道長官官房的人在假日半夜跑去上班，會刺激到那堆狗仔嗎？」

「我很清楚。應付媒體也是我的工作之一。」

「那就乖乖在家睡覺！」

「狀況不容我這麼做。長官應該一早就會要求報告……」

「警視廳的刑事部長早上會第一時間來跟我報告。我會根據那份報告向長官報告。」

應該是坂上跑去聯絡的。

他一定是掛掉龍崎的電話後，立刻打給阿久根局長打小報告，以報復半夜接連被吵醒。龍崎覺得他簡直跟小孩子一樣幼稚。

所以世人才會瞧不起事務官，龍崎想。

他不想在廳內樹敵，但也不能在這時候唯唯諾諾地答應，撇下工作回家。

「我們會擬定基本的報告流程。局長等聽取警視廳報告後，再向長官做出詳細的報告如何？」

「輪不到你操心。這是刑事案件，要怎麼報告，我自有打算。」

「我認為凡事都應該及早做準備。」

「你那叫做操之過急。反正要等到搜查本部成立以後才會正式展開偵辦吧？聽說不是要設在綾瀨署嗎？為什麼不等到那以後再說？犯罪偵辦你又了解多少了？」

火氣降溫了些。看來激動總算漸漸平息了。

「當然刑事局才是專家。但我也曾在全國的警察署和警察本部研習……」

「那種研習有什麼實際用處嗎？」

那你自己呢？龍崎真想這麼回嘴。高級事務官的經歷大同小異，刑事局局長自己也有可能兩、三年就異動了。

「噯，算了。」阿久根說。「反正你是在杞人憂天。兩起命案不會引起多大轟動的。我想長官也不會把它當成多大的問題。」

「為何局長這麼認為？」

「經驗。」

「即使局長根據經驗如此判斷，我還是有義務為最壞的狀況做準備。」

一陣沉默。

「你也真夠冥頑不靈的。」

語氣完全平和了。

「很少人這麼說我……」

「論頑固，我可不輸你。好吧，反正就算媒體鬧起來，那也是你的工作。你可要負起責任。」

「我明白。」

「明天我會早點過去。要是長官說了什麼，再告訴我。」

「好的。」

電話掛斷了。

龍崎放下話筒，嘆了一口氣。

局長阿久根伸篤是有名的火爆分子，一生起氣來，沒人應付得了。但或許因為他不是自己的直屬上司，龍崎才能勉強冷靜應對。

後來電話沒有再響過。

現在正在四處奔忙的，應該是埼玉市現場的鑑識和調查員。這回是命案，縣警本部應該也派了調查員過去支援。

現場蒐集到的資訊，會在搜查本部會議上發表，讓全體調查員知悉。埼玉縣警應該也會派調查員參加綾瀨署的搜查本部。

搜查本部分成人際關係、地緣關係、手法、凶器等不同的調查班，正式展開偵辦。

在這之前，警察廳應該也只能得到比記者會多上一點的資訊。但或許這「一點」資訊當中，有什麼至關重要的關鍵。

資訊這玩意兒就是這樣。重要的不是量或大小，而是質。

幾名課員在辦公室進進出出。每個人看到課長龍崎都一臉驚訝。沒有人熱絡地打招呼。這說明了龍崎在職場中的立場。龍崎感覺得到。

他們也在徹夜工作，把來自政治人物的質問分配給各個部署，或整理回答內容。因為課長剛好在，也有人來請求裁示。

阿久根的電話之後，再也沒有聯絡。電話沉默著。龍崎著手處理原本預定上午進行的工作。有時間就該把握。

黎明前，他感覺到強烈的睡意。年輕的時候，熬夜根本不算什麼。已經到了沒辦法勉強的年紀了。

但現場的刑警，即使年紀和龍崎差不多，每當有搜查本部成立，就得不眠不休地投入辦案。若說事務官負責動腦，基層人員專事勞動，那也就這樣了，但連體力方面都輸給他們，令龍崎感到不甘心。

天終於亮了。龍崎想呼吸一下戶外空氣，離開辦公室搭電梯到一樓。

走出大樓，經過警視廳旁邊，來到有段距離的內堀大道。眼前是護城河櫻田濠及皇居的綠意。天空變得更藍了。東方的雲朵閃爍著金光。

現在已是春暖氣候，即使是這個時間帶，也感覺不到一絲寒意。龍崎做了個深呼吸，尚未被汽車廢氣汙染、仍然清新的空氣充滿了胸臆。正式活動起來之前的東京，寧靜而清爽。

這麼說來，黃金週連假也在不知不覺間過去了。這要是一般父親，應該因為陪伴家人而累壞了吧。

他想了一下家人，然後轉身返回辦公大樓。

6

星期一早晨。總務課的業務一如往常地開始了。

早報一送到，谷岡公關室長立刻影印了命案相關報導送來。相關報導只有一則。如同谷岡說的，成了《東日》的獨家報導。

其他報社應該只把它當成一起普通命案，準備等警方發表聲明再說。

「有報社抗議了嗎？」龍崎問谷岡。

「記者俱樂部那邊還沒有說什麼。不過埼玉縣警的記者俱樂部現在應該鬧翻天了……」

「很快會就會有總編或部長等級的人來抗議了。」

「嗯，我知道。」

「聯絡刑事局的坂上和警視廳的伊丹，確定上午例行記者會的內容。」

「好的。」

「伊丹說會一早到刑事局來報告。如果在警視廳沒找到他，也許在刑事局。」

「了解。」

谷岡回去二樓公關室了。

龍崎等著，認為參事官或官房長很快就會把他叫去。然而早就過了他們應該抵達辦公室的時間，卻還是沒有半個人來找他。

上午十點，警視廳舉行例行記者會的時間到了，依舊沒有半點動靜。

龍崎已經大致整理好應對媒體的草案，隨時可以回答長官的問題。

十一點了，龍崎等不下去，打內線給谷岡。

「你見到刑事局的坂上了嗎？」

他一如以往，簡潔地提出主旨。

「是。」谷岡回答。「見到了。」

「為什麼沒向我報告？」

「坂上課長說沒什麼要跟公關室說的，所以……」

龍崎直想咂舌頭。

「那警視廳的伊丹部長呢？」

「我見到他了，但他也要我等記者會。坂上課長好像警告伊丹部長，要他避免在記者會前發言。」

「警視廳的記者會已經結束了，說了些什麼？」

「沒有特別的聲明。關於命案，好像將由埼玉縣警做出聲明。」

這麼一說，確實理所當然。案子發生在埼玉市。

「但這起命案和綾瀨署的黑道命案有關吧？伊丹完全沒有提到這事？」

「完全沒有。」

「他宣布要成立搜查本部了嗎？」

「是的。不過關於和埼玉縣警設置聯合搜查本部的理由，說是手法相同，以及很可能使用同一把凶槍。」

「有記者提問嗎？」

「有的。有記者詢問過去的案子和這次兩起命案是否有關。」

「伊丹怎麼回答？」

「說警方正在審慎偵辦，無法透露更多……」

也就是不置可否，交給記者自行判斷的意思。因為《東日新聞》奪得頭籌，其他報社或許反而小心翼翼起來了。

接下來的問題就是週刊和電視談話節目。昔日命案被害人的家，一定已經被媒體記者團團包圍。

「長官什麼也沒說……」

龍崎自言自語似地說。

結果谷岡開口說：「刑事局局長好像已經向長官報告了。」

龍崎蹙起眉頭。

原來是這麼一回事……

換句話說，所有的事都繞過龍崎了。伊丹向坂上報告，坂上向刑事局局長阿久根報告，然後阿久根向官房長或長官報告……

龍崎一個人被排除在外。意思是輪不到總務課課長插手。

瞬間，他感到一陣無比的疲倦。

「追蹤媒體的反應，隨時報告給我。」

龍崎只說了這些就掛了電話。

廳內沒有慌亂的樣子。

難道是兩起命案沒有龍崎以為的那麼重大嗎？刑事局的坂上和阿久根都說交給地方警察處理就好。

只是這種程度的案子罷了嗎？

龍崎迷糊了。

這兩起命案，有可能再次引發社會對少年犯罪量刑的討論。他甚至考慮到這麼深了。

確實，少年法不在警察廳的管轄內。那是法務省的職責，而立法是國會議員的工作。即使要修正少年法，也是法務省擬定草案，送到內閣法制局審查，經內閣會議決定後，再交付法務委員會討論。接著在國會經過形式上的審議，由執政黨多數票同意通過。

但實際運用這些法律的是司法警察。

這麼說來，伊丹提過這起命案在警察廳內應該不會受到多大的重視。

當時龍崎提出反駁，但現在想想，伊丹似乎是對的。換句話說，警察廳內沒有人把這兩起命案當成一回事。

如果長官官房全體共同處理這件事，總務課應該也會收到某些指示或詢問。然而卻只有刑事局在行動。換言之，和一般社會案件沒什麼不同。

不應該是這樣的。

龍崎心想。

這次媒體也謹慎以對。但就像火種在悶燒，用不了多久，絕對會演變成燎原的大風波。

伊丹應該也注意到這一點了。但刑事局反應遲鈍。伊丹現在的職位，必須聽從刑事局的指示。而且就像伊丹指出的，警察廳內的橫向溝通難說順暢。搜查第一課的坂上課長的態度應該是「官房總務課少來多嘴管閒事」。不只是機關之間，單位內部也有地盤之爭。若說這就是官僚的劣根性，那也就如此了。

疲勞感益發嚴重了。龍崎從深夜就駐守在這裡，但看來完全是瞎忙一場。他與公關室的谷岡聯絡了幾次，但沒有什麼異狀。公關室在監控報紙和電視，但社會似乎也不怎麼關注此事。

聯絡時，谷岡在電話另一頭說：「各家報社應該是想營造成《東日》急功近利而妄加揣測吧。」

很有可能的事。

報社平時大言不慚地高唱什麼報導自由，但穿說了只不過是在競爭銷量。又或是為了名氣，爭奪頭條、獨家。龍崎覺得什麼崇高的報導理念，都是嘴上說說而已。

電視就更不像話了。說什麼電視播送有即時性，但其實報導內容都是跟著報紙跑，只是在重複早報已經刊登出來的舊聞。談話節目更只是將報紙上的報導，而且是電視、廣播新聞都已經反覆報導過的內容，用好奇聳動的角度再加工罷了。

《東日》報導兩起命案的死者曾是過去悲慘案件的加害者，但警方並未明確聲明這兩起命案與過去的案子有關。

其他報社也許是步調一致，正在觀望《東日》的報導引發的後續效應，也許甚至希望《東日》的報導會發展成侵犯人權的問題。

萬一真的演變成那樣，其他報社一定會像撲向腐屍的鬣狗，同時刊登抨擊《東日》的文章。

太荒唐了。

但龍崎不希望就這樣算了。他不想讓深夜以來的努力化為徒勞。

不管刑事局怎麼判斷，他都強烈地認為兩起命案有可能醞釀成大案子。

不是單純的直覺，而是經驗及身為警察官員理所當然的良知這麼告訴他。

下班前龍崎打電話給伊丹，辦公室說他去綾瀨署的搜查本部了。他似乎正在實踐他的現場主義。與其關在警視廳辦公室，待在現場更出鋒頭，而這正是伊丹最熱愛的。他問了電話號碼，打到那邊去。

先是年輕的聲音接了電話。是搜查本部的聯絡人員。電話很快就轉接給伊丹。

「怎麼樣了？」龍崎問。

「聽到警察廳來電，我還以為出了什麼事，原來是你……偵辦才剛開始，還沒有進展。」

「凶器應該查出一點眉目了吧？」

「自己看報吧。更進一步的內容是辦案上的機密。」

「我不是外人。」

「除了搜查本部，通通都是外人。」

「我需要資訊。」

「真巧，我也是。」

「告訴我目前查到什麼？」

「喂，第一起案子時，叫我下封口令的可是你。我不能隨便把辦案內容說出去。」

龍崎這才想到。

伊丹周圍有很多人。警視廳和轄區幹部、埼玉縣警的幹部，以及從方面本部（註：日本各都道府縣的警察本部底下，劃分有二個以上的方面本部，負責連繫該區域內的各轄區警察署與本部，爲統籌角色。警視廳底下有十個方面本部）調來的轄區調查員……

不管來電的人是誰，伊丹都不能在這種狀況隨口說出偵辦內容。

「好。」龍崎說。「我會再聯絡。」

掛斷電話後，龍崎開始收拾準備回去。平常他總是加班到九點以後，但今天實在是累了。收拾辦公桌後站起來時，他發現課員都用收斂但顯然訝異的眼神看著他。

我準時下班就那麼稀奇嗎？

龍崎在心中嘀咕。

回家以後，妻子用不亞於課員的驚訝表情迎接他。

「咦，這麼早……你不是說視情況可能好幾天都不能回來嗎？」

「出現了一點變化……」

「那怎麼不打個電話呢……我得去準備晚飯……」

「噢，飯晚點再吃。我要洗澡休息一下。」

一回到家，龍崎意識到自己累壞了。

在辦公室的亢奮消失，變得像個空殼子。他拖著一團疲勞的身體，在客廳沙發一屁股坐下。

連更衣都懶了。

他打開電視想要看新聞，但民營電視台全都在播搞笑藝人演出的綜藝節目。NHK新聞也已經進入體育新聞時段了。他關掉電視，癱在沙發上。

妻子冴子走過來開口：「剛好，我有事想跟你討論。」

「如果是美紀的事，都交給你。反正談了也是白談。」

「不是美紀，是邦彥。」

「邦彥怎麼了？」

龍崎邋遢地癱在沙發上，意興闌珊地問。

「他一直關在房間裡不出來。我想進他房間，他就很不高興……我擔心這樣下去他會變成繭居族……」

「胡說什麼……？他是考生，待在房間念書不是天經地義的事嗎？他乖乖的去補習了吧？」

「他是這樣說……」

「那就沒什麼好擔心的。」

「他好像在抽菸呢。有時候身上會有菸味。」

龍崎不抽菸，所以如果家裡有人抽菸，妻子馬上就會察覺異味。

邦彥今年十八歲，未成年，抽菸是觸法的。警察官員的兒子違法確實是個問題，但他已經高中畢業，而且抽個菸罷了，睜隻眼閉隻眼也無妨。這才符合社會上一般的做法。

即使是重視法律與原則的龍崎，也還有這點程度的寬容。這是所謂的變通。

「晚點我再去看看。」

「晚點是什麼時候？你總是一回家就睡覺不是嗎？今天正是個好機會……」

「你也知道我昨天半夜就去辦公室了吧？我累死了。」

「只是去兒子的房間看看，是什麼大工程嗎？去洗澡的時候順便看一眼就行了吧？」

他開始連澡都懶得洗了。好想直接鑽上床。

龍崎嘆了口氣站起來。

妻子冴子幾乎不會發脾氣。家中大小事全靠她打理，而且自己經常調職的工作也讓她吃了很多苦，但她從來沒有埋怨過。

龍崎認為這就是妻子的手段。裝出百依百順的模樣，讓自己感到虧欠。

他雖然清楚，但大多數時候，妻子的企圖都能得逞。

龍崎向來努力貫徹原則，但妻子是他的原則無法通用的少數對象之一。

「好。」

龍崎站起來，走向邦彥的房間。

邦彥的房間離玄關最近，房門在通往客廳和飯廳的短廊上。站在門前的時候，確實有一股疑似香菸的味道。

龍崎忽然蹙起眉頭。

那味道顯然異於一般香菸。是香菸沒錯，但裡頭還摻雜了別的氣味。龍崎認得這味道，他在各地方研習的時候聞到過。忘記是哪個署了，不過是在保安課（現在的生活安全課）實習的時候聞到的。

龍崎也不敲門，直接把門打開。

躺在床上的邦彥連忙爬起來。眼睛異樣地濕潤。指間確實挾著一根菸，但看到床鋪旁邊的小几，就知道那不是一般的菸了。

小几上有個小型筒狀塑膠盒，裡面裝著略帶褐色的白粉。

拿著菸的邦彥凍結了似地一動也不動。龍崎也杵在門口。

就這樣僵持了多久？龍崎走近小几，把手伸向小白盒。邦彥急忙想從旁邊搶回，但動作遲緩，龍崎快了一步。他馬上就認出盒裡裝的是什麼了。海洛因。邦彥把海洛因的粉末沾在香菸前端吸食。這是初學者的手法，還沒有像毒蟲那樣，放在鋁箔紙上加熱吸煙或注射。

龍崎目不轉睛地盯著裝海洛因的塑膠盒，陷入一種不可思議的心境。比起兒子吸食毒品的震驚，那一瞬間他竟然有一股逮到吸毒現場的警察官喜悅。

這令龍崎不知所措。邦彥什麼也沒說。指間的菸灰灑到床上。

「熄掉。」龍崎說。

邦彥聽從了。海洛因的影響僅些微地顯現在眼睛和表情上，行動幾乎沒有變化。

邦彥應該正浸淫在幸福的心情中，卻突然被打斷，正覺得煩躁不堪。如果他還不習慣海洛因，應該很快就會開始噁心和盜汗。

「什麼時候開始的？」

「什麼時候……？」

邦彥不肯和他對望。

「你媽說最近有菸味。你上癮了？」

「又沒那麼誇張……」

「你根本不懂。」龍崎極力冷靜地說。「吸食毒品是重罪。你是現行犯，無法抵賴。」

「爸怎麼會在這種時間回來……」

聽起來像自言自語。

「你從裡弄到的？」

「有人到補習班來兜售。」

「怎樣的人？叫什麼？」

「我不能說。」

痞樣倒是學得很有一回事。但也只是做做樣子而已。

龍崎把裝海洛因的白色塑膠容器放進口袋。邦彥用怨恨的眼神看著。

「你被禁足了。」

「補習班怎麼辦？」

「既然都會買這種東西了，你也根本沒在念書吧？」

邦彥露出嘔氣的表情。

「我一直在念啊。所以才會用它散散心而已。我只剩下這點樂趣了好嗎？高中也成天念書念書念書，好不容易考上一流私立大學，居然說什麼東大以外不行，還得再重考一年。不找點樂子，誰撐得下去啊？」

為了散心而碰毒品，這種心態令龍崎難以置信。但對現在的年輕人來說，毒品恐怕就是如此貼近生活。

青少年濫用藥物，也是警察廳諭令全國警察要特別注意的問題。

「不管你再怎麼努力念書都沒用了。」龍崎說。

這是事實。有買賣、吸食毒品前科的人，不可能成為國家公務員。

比起憤怒，他更感到強烈的徒勞。

「你聽著，不許離開家裡一步。我也會叫你媽盯著。」

龍崎要離開時，邦彥說：「我會怎麼樣？」

他好像總算了解事態的嚴重性了。

「我會想想。」

龍崎說，離開房間關上門。

然後就這樣靠在門上。

震驚緩緩地爬上全身。

兒子買了毒，吸了毒。

這不單是兒子一個人的問題，還關係到龍崎往後的前途。警察官員的兒子吸毒被捕，這是天大的醜聞，往後再也無法奢望升遷。不，別說升遷了，說不定他必須辭掉警察廳的工作。會失去飯碗。

一家會被趕出這處官員宿舍，美紀的婚事也會泡湯。不論美紀是否猶豫，對方都一定會回絕。警察官員不可能讓兒子跟刑犯的姊姊成親。

他覺得腳底下冒出一個漆黑大洞。

這件事會讓龍崎的將來毀於一旦。後頸到後腦好似整個麻痺，他無法專心思考。

總之問題嚴重了。

絕望與憤怒揉雜在一起，連他自己都不知該如何是好。

散心……？

龍崎想起邦彥的話。

你的散心，毀了我的將來跟全家的生活。

如果邦彥因為怨恨父親，想要復仇，那麼他的確成功了。

再也沒有比這更狠毒的復仇了。

客廳嵌了裝飾玻璃的門打開，冴子從門縫間探頭窺看。

龍崎離開邦彥的房門前，走向客廳。冴子出聲：「還好嗎？你的臉色好蒼白……」

「我沒事。」

龍崎說，但一點都不覺得沒事。他再次坐到沙發上，不知道自己在看著哪裡。

「邦彥怎麼樣？」

冴子問，他也只能勉強應聲。

冴子再一次問：「邦彥怎麼樣了？」

龍崎總算抬頭。

冴子的問題就像從迷霧另一頭冒出來般，千辛萬苦才能傳進龍崎的腦袋。

「不要讓他出門。」龍崎說。

冴子皺起眉頭。

「為什麼？出了什麼事？」

龍崎煩透了。他真想大吼：我現在沒空理你的問題！但那樣對妻子太過意不去了。妻子什麼都不知道。

「就算去補習班，好像也沒什麼效果。他本來就能考上私立名校，讓他在家專心念書比較好。外頭誘惑太多了。」

他勉強這樣說明。腦袋依舊亂成一團。

「那豈不是跟軟禁沒兩樣嗎？」

「考生都是這樣的。」

「偶爾也需要散散心吧？」

「散心」這兩個字狠狠地刺進龍崎的胸口。

「少囉唆，照我說的做！」

他忍不住大聲起來。

「好好好，知道了。」

妻子留下這話，回去廚房了。

龍崎坐在沙發上，注視著自己的手。

一切都毀了。

從小學開始，拚命念書考上東大，通過國家公務員甲種考試，如願成為高級警察官員，在榮達之路上，一路爬到了警察廳長官官房的總務課課長職位。但這也都毀了。過去的辛苦在一瞬之間全化成了泡影。

往後該如何是好？

龍崎整個人茫然若失。要是丟了公務員的飯碗，自己要怎麼過下去？

龍崎的人生藍圖，全是以擔任警察官員直到退休為前提規劃，從來不必擔心像民間企業那樣遇上裁員。

只要工作到退休，就能享受民間企業無法想像的福利。可以拿到一大筆退休金，或許還能空降相關特殊法人或獨立行政法人，坐享優渥的年金。一直到死，全家人的生活都安心無虞。

然而這樣的生涯規劃，也全部空虛地化為烏有。即使想要求職另覓第二春，也沒有人願意雇用被警察廳開除的人吧。

以什麼形式離職也是個問題。這不是本人犯錯，應該不致於被懲戒免職。或許會法外開恩，讓他以自願離職的方式離開。

這麼一來，還是能拿到相應的離職金。但這又能如何呢？

龍崎從來只知道要以警察官員身分過到退休，沒有一技之長。公務員保不住飯碗時，是最難跳槽到其他行業的。所以公務員才會那麼害怕出錯。只知道少做少錯，因循苟且。畢竟樹大招風。

事到如今，他才痛切地體認到這個事實。

龍崎本身無過無錯地一直工作到今天。他做夢也沒想到，他的職涯與將來竟會被家人所摧毀。

他對邦彥一直抱有相當大的期許。所以才會叫他進東大。這個要求不是為了別人，全是為了邦彥好。

然而他的期許沒有傳達給兒子。不僅沒有傳達，或許反而招來了怨恨。家裡的事他一向交給妻子。這樣做錯了嗎？儘管責怪妻子也無濟於事，他卻忍不住要怨懟。

你到底在搞什麼啊……？

難道這是他忽略了家人的報應嗎？這代價未免太殘酷了。龍崎自認為了國家，克己奉公。他並非忽略家庭，只是明確地排定優先次序。

一直以來，他應該為家人保障了能夠滿足的生活水準。如果這樣還不算盡到父親的責任，那麼國家公務員就不應該成家。特別是負責保障國家安全的警察廳職員，更不該有家室。想到這裡，龍崎又一轉念，如今想這些都沒用了。

一切都太遲了。時間無法倒轉。

他在無意識之間嘆了一口氣。

冴子從廚房探頭過來。

「咦，你還沒洗澡？水熱了。」

龍崎隨口回應。

他發現自己幾乎完全沒有動彈。

總之得先洗個澡。龍崎現在需要的，是盡量恢復日常作息。

他慢吞吞地站起來，到臥室脫下西裝，換上睡衣。他總是很晚回家，這已經成了習慣。

沒辦法好好地把褲子掛到衣架上。手不聽使喚。可能是精神打擊太大了。

絕望居然會影響到這些動作，他很驚訝。

他小聲罵著，好不容易把長褲和外套掛上衣架，關上衣櫃。

走向浴室，脫下睡衣。沖澡之後再泡澡。肉體好似完全失去知覺了。

他只是機械式地行動，泡進熱水時，也沒有向來忍不住呻吟的快感。

泡澡期間，仍甩不掉邦彥的捅出來的妻子。

他連應該生氣、傷心還是嘆氣都不知道了。

大概都不是吧。

好像總算恢復了一點冷靜。

身為官員，不管發生任何問題，都必須擬定對策。一直以來，不管是來自上司還是其他機關或委員會的刁難考驗，他都設法克服過來了。

高級事務官的武器是頭腦。只能靠它了。

但他需要更多的時間，才能冷靜思考對策。這個問題關乎到自己、而且太嚴重了。

今晚應該無法闔眼了。

龍崎又嘆了口氣。

7

即使身在警察廳，邦彥的問題依然縈繞在腦中。昨天在邦彥房間目擊到他吸食海洛因的現場後，龍崎覺得彷彿世界末日。

他完全體會了古代武士切腹自殺的心情。

即使一晚過去，心情依舊沒有多大的變化。不過他冷靜了些，明白絕望也於事無補。必須盡量避免影響日常業務。還有，不能表現出不自然的態度。

龍崎淡淡地執行公務，但手不時停擺，茫茫然地想事情。

過去龍崎深信，沒有無法克服的危機，但唯獨這次，他想不出對策。也無人可以商量。事到如今，他才明白官員的世界有多麼孤單。不，也許這樣的處境，是龍崎自己刻意營造出來的。

下午伊丹打電話來了。

「後來居然音訊全無，一點都不像你。」伊丹說。

都忘了。龍崎一直想要再聯絡伊丹。他心想即使不能在搜查本部裡面說，如果出去外頭，或許可以談談。

但目擊到邦彥房間那一幕以後，他實在無暇去理會那起案子。

伊丹接著說：「你說想要知道偵辦進度，只是做做樣子嗎？」

「不，我想知道。」

「你為什麼對這兩起命案特別感興趣？」

「因為它們是媒體上好的獵物。很有可能演變成濤天巨浪。」

終於，伊丹說了。

「子彈的彈道吻合。兩起命案的凶器是同一把手槍。」

他似乎是用手機打來的。周圍顯然沒有人。

「連續殺人是嗎？那麼還有可能繼續下去。過去那起凶案的犯人，除了已經遇害的兩人以外，應該還有其他人也已經出獄。」

「當年被判徒刑的有四人，主犯還在服刑，還剩下一個，搜查本部當然已經密切盯著他了。」

「應該也有人被判保護處分，送進感化院。」

「放心，滴水不漏。」
「這樣……」
「怎麼，就只有這些？沒別的想問了嗎？」
「想問的……？」
「平常的話，你應該會更進一步追問兇手是怎樣的人、搜查本部如何評估。是出了什麼事嗎？」
龍崎一陣心驚。
「沒什麼啊。那，搜查本部認為兇手可能是怎樣的人？」
「嫌犯可能是那起凶案的相關人士，也可能不是。我們正朝這兩個方向偵辦。」
「好……」
「你真的不是身體不舒服？」
「為什麼這麼問？」
「我還以為你會追問『非相關人士』是什麼意思……」

確實如此。經伊丹一提，這話別有深意。伊丹肯定是預期龍崎會反問。

「我沒空陪你在那裡故弄玄虛。到底是怎樣？」

「就是所謂的社會正義。」

「社會正義……？」

「你應該也已經猜到了。有一群人只為了發洩自己的性欲，便綁架、監禁年輕女孩，施暴之後加以殺害。他們在殺人棄屍後，仍繼續犯下強姦案。而這樣的人短短幾年就出獄，回歸社會。這令許多人無法接受。我也認為日本的少年法實在問題重重。最近的失足少年再犯率高到異常。」

龍崎明白伊丹想說什麼。那種人被殺是活該。但身為警察官員，這種話撕破嘴巴也不能說出來。

少年法的量刑和家事法院的審判確實引來諸多質疑。伊丹是在暗示，社會輿論可能對這次的殺人犯做出肯定的反應。只是不管有任何理由，殺人兇手受到社會歡迎，都是絕不能容許的狀況。

有一部廣受歡迎的古裝劇，描述主角暗中葬送掉法律無法制裁的壞人。

但如果在現實中允許這種事，刑事政策將全面崩壞。私刑是無論如何不能容許的。伊丹是在告訴龍崎，有必要留意社會上的反應。

但龍崎卻被完全不同的點勾起了反應。

對了，少年犯罪……

邦彥還未成年。而家事法院的少年犯審判，原則上是不公開的，姓名也不會被報導出來。

或許能在其中找到某些巧門。

「喂，你在聽嗎？」

伊丹的聲音傳來。

「我在聽。我明白你的意思了。我會留意。」

「小心搜查第一課的坂上。他好像很討厭你。」

把龍崎排擠在外的果然是坂上。

「我不在乎別人對我的好惡。」

話筒傳來伊丹的竊笑聲。

「總算聽到像你會說的話了。」

電話掛斷了。

坂上現在無關緊要。龍崎彷彿在絕望當中看到了一絲曙光。雖然只是細微的一絲，但確實就像黑暗中的光明。

少年犯罪。也許這會是出路。

具體上該怎麼做還不知道，但總是好過先前走投無路的狀況。

對了。必須調查一下前例。

龍崎想。

調查因家人觸法而被迫辭職的警察高級官員例子。他原本陷入絕望，都要接受非離開警察廳不可的事實了，但也許狀況沒那麼糟。

兒子吸毒確實是駭人聽聞的醜事，但目前知道這件事的只有龍崎和邦彥兩人而已。不，正確地說，應該有人販賣海洛因給邦彥，而且補習班或許也有朋友知道他吸食海洛因。這部分必須向邦彥問個仔細。

命案不重要了。反正搜查第一課的坂上和刑事局局長阿久根都想排擠龍崎。確實，這或許不是總務課課長該插手的事。既然他們這麼說，那就交給刑事局吧。沒必要自己去攬一堆工作在身上。

警察廳的人事課不可能留有職員家屬犯罪的記錄。龍崎回溯記憶。身邊的人，過去有這樣的例子嗎？

毫無頭緒。他入廳都二十年多年了，見過形形色色的高級警察官員，但不記得有人因為家庭問題而離開警察廳。

別說家人了，他也不認識任何人是自己鬧出醜聞而被懲戒革職的。

那麼，有聽說誰的家人鬧出問題嗎？仔細回想，也完全想不到那樣的例子。

他體認到警察官員是多麼如履薄冰的人種。也有可能只是因為龍崎對他人的私人生活漠不關心。

他對八卦沒興趣。

法律上怎麼樣呢？比起傳聞或記憶，法律規定應該重要得多。龍崎重新查閱警察法條文。

第三十四條第四項說：「警察廳人員之任免、升遷、懲戒及其他人事管理相關事務，依國家公務員法之規定。」

雖然這些內容龍崎早就清楚，但法律細節還是必須一字一句詳加確認。

國家公務員法規定，國家公務員的人事全由人事院管理。

那麼，在什麼樣的情況下，人事院可以將國家公務員降級或免職？這項規定明記在國家公務員法的第七十八條。

「職員有下列情事之一者，可依人事院規定，強制予以降級或免職。

「一、廢弛職務。

「二、因身心障礙而影響職務之執行，或不堪執行。

「三、其他不適任該職位之狀況。

「四、因編制或員額調整、預算減少，造成職位之裁撤或產生冗員。」

龍崎反覆閱讀這些條文。

另外，同法第七十五條有這樣的內容。

「非因法律或人事院規定之事由，不得違反職員之意願，予以降級、停職或免職。」

第七十五條保障了國家公務員的身分。換句話說，除非符合七十八條的條件，否則無法將公務員降級或免職。

人事院規則又怎麼說？

龍崎重讀了一遍。

第一章「總則」第二條：「無論任何情況，職員之任免，皆不得違反法第二十七條訂定之平等待遇原則、法第三十三條規定之任免基本規範、法第五十五條第三項、法第一〇八條第一項之規定。」

文中的法第二十七條，指的是國家公務員法第二十七條，內容提到不能對公務員有任何差別待遇。

第三十三條的「任免基本規範」特別重要。

龍崎再次回到國家公務員法，詳加熟讀。第三項內容如下：「職員之免職，須根據法律規定之事由。」

也就是第七十八條列出的條件。

然後龍崎再重讀了一次第七十八條。

第一和二點，他認為沒有問題。龍崎就是因為工作表現受到肯定，才能當到警察廳課長，而且身心健康。第四點也是，並沒有組織重組的活動。

問題在於第三點。

「其他不適任該職位之狀況。」

這樣的説法極為模糊。

家人觸犯刑法，算是無法適任警察官這個官職嗎……？有些人應該會説法律僅能規範本人，並沒有把家人的行為也規定進去。

但也有人持不同的意見。子女觸犯刑法，意味著該人甚至連自己的子女都無力管束，自然沒有資格擔任警察或警察官員。

論法律解釋，前者才是正確的。但龍崎覺得以公家機關的氛圍來説，是後者占了壓倒性的優勢。

第三十八條規定了什麼樣的人沒有能力擔任官職。

第一，受成年監護或成年保護之人。第二，被處禁錮（註：禁錮爲日本的刑法規定的刑罰之一，分爲有期禁錮和無期禁錮兩種。異於一般徒刑，不進行任何勞務，僅剝奪其自由，拘禁在監獄牢房）以上的刑罰，而執行尚未結束，或執行尚未中止。第三，受懲戒免職處分，自該處分之日起未經兩年。

第四是關於人事院人事官與事務總長的規定，與龍崎無關。

第五是組成暴力性政黨或團體並加入者。

即使本人受到禁錮以上的刑罰，但只要執行結束，或順利度過緩刑期間，還是具備擔任公務員的資格。

另外，即使受到懲戒免職，只要過了兩年就沒事了。

只讀條文，規定似乎很寬鬆，但實際上有前科的人不可能被錄取為國家公務員。

特別職的國會議員祕書或國務大臣或許有例外，但一般職務是不可能的。

法律與實務之間有著極大的落差。

但法律就是法律。單看三十八條，龍崎不會失去公務員資格。

第八十二條是關於懲戒的條件。

「一、違反此法律、國家公務員倫理法、或基於上述法律之命令者。

「二、違反職務上義務，或怠忽職守者。

「三、有偏差行為，不適合為民服務者。」

如果照字面解讀條文，龍崎並不會受到懲戒。

換句話說，沒有任何一項條文明文規定家人觸犯法律，就必須辭掉國家公務員之職。

不僅如此，第八十九條還提到做出減俸、降級、停職處分、免職或懲戒處分時，機關必須提交說明案由的陳述書。

而職員認為自己受到不當處分時，可以申請閱覽陳述書。

此外，第九十條規定受到這類處分時，可以依行政不服審查法向人事院提出申訴，而第九十一條說，申訴一旦受理，人事院或人事院核可之機關必須立刻對申訴案件展開調查。

龍崎從來沒有熟讀過與免職、懲戒處分有關的項目。

光看國家公務員法，龍崎並不符合處分對象。最糟糕的情況是懲戒免職，但看來可以逃過此劫。

但即使如此，還是不能放心。

第七十八條第三項還是令人擔心。

「不適任該職位之狀況。」

他認為最狡滑的地方，就在於這行怎麼解釋都行的一句話。

而且在政府機關工作，不是只要不被革職就沒事了。即使保住了飯碗，往後應該也不必指望升遷了。或許降級也是情非得已。而且還得活在其他職員冷漠的眼神當中，承受精神上的痛苦。

不過，龍崎也確實漸漸地爬出了昨晚的絕望。雖然是個大問題，但似乎有方法應付。光是這麼想，心情就輕鬆不少。接下來只要慎重行事就行了。不能操之過急，功虧一簣。

還必須研究一下毒品相關的少年犯罪量刑。龍崎收拾法律相關書籍，沒事人似地開始執行日常業務。

8

「邦彥聽話嗎？」

龍崎一到家就問妻子冴子。

「嗯，他乖乖待在家。可是就算是考生，偶爾出門一下也沒關係吧？」

「別囉唆，暫時照我說的做。」

「你在考上東大以前，也是這樣嗎？」

「什麼？」

他覺得這個問題很唐突。

「我是問，你也是都關在房間裡整天讀書嗎？」

「那麼久以前的事了，我早就忘記了。」

「所以一個個都這麼不食人間煙火。」

「你說的『一個個』是指誰？」

「政府官員。」

「你可是靠著官員的薪水養活的人。」

「是這樣沒錯，我只是想，要是政府官員能更了解社會一點，這個國家或許也會更像話些。」

反正又是在電視上看到年金問題什麼的吧。

「官員也有很多種。」

龍崎就像平常一樣，更衣之後立刻坐到餐桌旁。

妻子端來啤酒。

「沒錯，官員也有很多種，也有像伊丹先生那樣的人嘛……」

龍崎一臉驚訝地看妻子。

「你說他什麼？」

「我認識的高級官員裡面，伊丹先生是最正常的一個。」

「那種人……」

龍崎忍不住不屑地說。

妻子知道龍崎和伊丹從小學就認識，但不知道龍崎被伊丹一夥人霸凌。

「我覺得他願意站在我們平民百姓這邊。他是警視廳的刑事部長對吧？一定也很了解現場人員的辛苦。」

「嗯，或許吧。」

伊丹看上去就是個瀟灑的陽光男士。他勤於前往現場，又會做樣子，肯定很受民眾歡迎。但那完全是他的把戲。當然，冴子不會知道。

龍崎的反應漸漸變得敷衍。

伊丹不重要。

「刑事部長地位很高對吧？」

「高級官員嘛。」

龍崎看著晚報，開始夾晚飯的配菜下酒。

「聽說對轄區的警員來說，是高不可攀……」

我也是高不可攀啊。

雖然想這麼應，但龍崎連開口都懶了。

妻子說的話有部分確實是對的。對都內的轄區警署來說，比起警察廳，警視廳本廳與他們的關係更密切太多。他們很少碰到警察廳的官員，但只要搜查本部成立，他們有時也會見到警視廳的刑事部長。

尤其伊丹似乎奉行現場主義，或許在轄區員警間很吃很開。

妻子又說了：「臉幹嘛那麼臭？每次提到伊丹先生，你就擺出那種臉……他果然是你的勁敵。」

「才不是勁敵。我們只是剛好同期，又念同一所小學而已。」

要是邦彥吸毒的事曝了光，別說勁敵了，龍崎一輩子都別想追上伊丹了。

胸口深處猛地一熱。

自己會被伊丹超越。別說超越了，他有可能連伊丹的背影都看不到了。

那豈不是跟小學那時候一樣嗎？

龍崎想到這裡，感到難以忍受。

妻子笑了。「又露出那種表情……我覺得你跟伊丹先生是一對好搭檔，比你所想的更棒唷。」

龍崎驚愕地看妻子。那反應好像也嚇到了她。

「我跟伊丹是好搭檔？什麼意思？」

「我只是覺得你們兩個剛好互補。表情幹嘛那麼可怕嘛？」

「只是嚇了一跳。我從來沒這麼想過。」

「我覺得人家滿喜歡你的啊……」

「他總是把我當怪人。」

妻子又笑了。

「有什麼好笑的？」

「因為你就是個怪人沒錯啊。每個人一定都這麼想。因為是伊丹先生，才會當面對你說。」

「不要再提他了。」

看著妻子的笑容，火氣漸漸上來了。

你知不知道你兒子在房間裡吸毒？這可是關係到我去留的大事。

然而你卻在那裡哈哈大笑……

龍崎在內心咒罵著。

他明白責怪妻子也無濟於事。再說，事到如今說什麼都遲了。

龍崎的原則是不做白費工夫的事。

「對了……」妻子說。「昨天你的臉色實在太糟，所以我還擔心是不是出了什麼事，可是今天看起來好像沒事了？」

哪裡沒事了？

但他必須設法突破難關。

邦彥的事會讓美紀的猶豫畫上句點。而那應該不會是美紀想要的結論。雖然心疼女兒，但這也是沒辦法的事。他現在沒辦法顧慮到美紀。必須設法將傷害控制在最小，解決邦彥的問題。

這是現在的當務之急。

龍崎明白邦彥的事必須盡速解決。

但日常業務又必須妥善處理。不能出紕漏而露出馬腳。

拖延問題不是龍崎的作風，但由於事情至關重大，又必須在想出最好的劇本前徹底保密，時間不知不覺間就過去了。

埼玉市的命案過了一星期以上，伊丹打電話來了。聲音裡透著疲勞。

搜查本部一期以兩星期為準。一期過去，調查員人數就會大幅刪減。因為搜查本部的目的是盡速偵破重大案件。

嫌犯沒有落網，一期的一半已經過去，伊丹應該身心俱疲。

「大森署轄內發現屍體。地點是和平島公園。死者身上有多數毆擊傷，警方朝命案方向偵辦。」

「等一下。」龍崎說。「不必每一起命案都跟我報告吧？」

「死者身分立刻就查出來了。」伊丹不理會，逕自說下去。「宇都隆夫，三十八歲，命案現場旁邊的大型物流中心的職員。凶器是鈍器。是被打死的。行凶時間是昨晚深夜到凌晨。」

龍崎在不懂伊丹為什麼特地打電話來的情況下，反射性地記下要點。

伊丹淡淡地繼續說明。

「死者過去曾因傷害、殺害街友被捕，受到保護處分，在感化院待了兩年，但後來回歸社會，進入物流中心任職。」

「換句話說，跟先前的兩起命案有關？」

「應該吧。不知道是不是同一名兇手所為。手法不同，地點與先前兩起命案的距離也很遠。但死者有殺害街友的前科，因重大少年犯罪被捕，現在已經回歸社會，這些共同點不容忽視。」

「如果不是同一名兇手，會是模仿犯嗎……？」

「不管怎麼樣都很棘手。」

「你打算怎麼處理？」

「大森署和本廳要成立聯合搜查本部。」

「不跟現在的搜查本部一起嗎？」

「是同一凶犯的根據薄弱。」

「你要考慮仔細，這可容不得誤判。萬一兇手是同一個人，分頭偵辦的人員和經費都是損失。」

「這我當然知道。偵辦我們會處理。我是因為你好像從一開始就對這案子感興趣，才聯絡你罷了。」

龍崎忽然想起妻子昨天的話。

她說伊丹和龍崎意外地是一對好搭檔。

開什麼玩笑。

龍崎心想，往後怎麼樣沒有人知道，但現在伊丹只不過是警視廳的部長，而自己身在國家警察的中樞，是警察廳長官官房人員。

「媒體應該會開始炒作。」伊丹說。「我看到有週刊以正面的角度報導兇手。」

「我知道。問題在於犯案的連續性。至於媒體的論調，我會好好呼籲他們留意。」

「這類問題就算對報社施壓也沒用。」

「你以為你在跟誰說話？」

「真可靠。」

「聯絡刑事局了嗎？」

「等下就聯絡。不過只是形式上報告一聲。」

龍崎吃了一驚。

「你在通知刑事局之前先打給我？」

「咱們是什麼交情？掰。」

電話掛斷了。

龍崎放下話筒，輕咂了一下舌頭。

我對伊丹是什麼觀感，那傢伙果然毫無自覺。這就是霸凌的一方與被霸凌者的不同。

龍崎重讀筆記。

從印象來看，確實與先前兩起命案極為類似。無論是同一兇手還是模仿犯，對社會造成的影響都愈來愈大。兩起和三起，在連續性上大不相同。

很快地，龍崎把那張便條推到桌角。

反正要是龍崎行動，刑事局那些人又會冷嘲熱諷，叫他不要多管閒事。樹大招風。這是官員奉為圭臬的警句。

吩咐公關室的谷岡留心點就行了。

反正放著不管，警視廳也會偵辦，就算需要更高層的裁奪，也有刑事局處理。

即使事態擴大，也是刑事案件，應該會越過龍崎，直接聯絡參事官或官房長。

比起這些，邦彥的問題才是龍崎眼下的當務之急。必須思考具體上應該怎麼做。距離目擊邦彥用香菸沾取海洛因吸食，已經過了一星期。這段期間他一直在思考，但怎麼做才是最好的，他仍毫無頭緒。

後來邦彥好像照著吩咐，沒有外出。也許他現在才在為自己犯下的大禍感到害怕。真是太笨了。龍崎對兒子的愚蠢感到生氣。愚蠢，就是欠缺思慮。

人是唯一能衡量後果的動物。所以欠缺思慮的人，形同最低等的人。

常說人類最重要的是愛情。但只論愛情的話，貓狗也有。即便是貓狗，也有哺育幼子的慈愛，或是對主人的忠誠與親近之情。這些也都是愛情。男女之間的情愛，完全是動物性的感情。

所以龍崎總是認為，人類最重要的是理性、是周全的思慮。欠缺思慮的人，或是缺少思考能力的人，就會淪為罪犯。基本上龍崎是這麼想的。

難道邦彥甚至無法想像自己吸毒會造成什麼影響嗎？他就不怕事跡敗露的後果嗎？只能說他根本沒大腦。自己的兒子淪為愚蠢的罪犯了。

一想到這裡，龍崎又開始覺得自己在警察廳待不下去了。

但又不能讓家人流落街頭。龍崎沒有其他長才或技術，他只能當個官員。

他正在沉思，這時公關室長谷岡來了。是例行報告。

「你來得正好。」龍崎說。「我正想找你。警視廳的刑事部長聯絡我了。」

「是大森署的事嗎？」

「咦？你消息真快。」

「我是公關室的負責人啊。」

「你知道詳情嗎？」

「我知道死者在少年時期曾經因為殺害街友，受到保護處分。但詳細的狀況還不清楚。」

「你不必知道，偵辦交給警視廳就行了。反正刑事局會處理。」

「哦……」

谷岡曖昧地應聲。

他是在訝異：龍崎說這話是認真的嗎？谷岡人很聰明，在龍崎的下屬裡面，也是最優秀的一個。他不僅工作表現出色，還擅於察言觀色，能設身處地為對方著想。換句話說，他想像力豐富。

龍崎覺得如果有更多這樣的官員，警察廳就能更像話些了。現在作威作福的都是些像牛島參事官那種聲音大、易衝動的人，以及坂上那種陰險分子。

看在龍崎眼中，谷岡還有很大的成長空間。不過用不了多久，谷岡一定能嶄露頭角。過度的察言觀色有時雖然有些煩人，但龍崎並不覺得討厭。

谷岡的話，不管調去哪裡，一定都能獲得上司賞識。身為官員，這是很重要的特質。

這樣啊，我也會被谷岡給追過去吶……

龍崎這麼想。

谷岡一定能輕易超越從此升遷無望的龍崎。

想像起自己必須向谷岡卑躬屈膝，龍崎忍不住一陣沮喪。

「會是和先前兩起命案同一個兇手嗎……？」

谷岡這句話把他拉回現實。

「不知道。」龍崎說。「伊丹說手法不一樣。前兩次命案的凶器是手槍，但這次聽說是鈍器。再說，綾瀨署和埼玉縣警的命案死者，是過去同一凶案的加害者，但這次卻是不同案子的加害者。」

「同一兇手的可能性薄弱啊……那就是模仿犯了。」

「也有可能出現第二、第三個模仿犯。你要小心應付媒體。聽說有週刊對綾瀨署和埼玉縣警的案子做出肯定兇手行為的報導。」

「我看過了。談話節目的來賓裡面，也有人做出類似的發言。」

「視情況，或許必須呼籲媒體節制。」

「好的。」

「警察廳與埼玉縣警、綾瀨署的聯合搜查本部似乎陷入瓶頸。一期已經過去一半了。」

「第三起命案會怎麼處理？」

「據說會另外成立搜查本部。」

「這樣啊……唔，還不知道是不是同一個兇手嘛……在連續性方面，也還有些疑問……」

這樣的說法有些勾起龍崎的好奇。

「為什麼？」

「作案時間的模式。一般都可以看出某些模式，像是固定星期幾，或是有周期性……」

「這也要看連續殺人的種類。如果是為了尋樂的快樂殺人，會有相當明顯的規則性，但這次的案子動機不同。」

「但應該還是會有一定程度的模式。因為兇手的行動應該相當受限於職業等條件……第一起綾瀨署的命案是四月二十六日星期二，埼玉縣警的命案是五月八日星期日，而這次的大森署命案是五月十六日星期一……星期也不一樣。」

「推理就交給現場吧。我們的工作是進行更高階的思考。」

「是的。那麼我告退了。」

谷岡行禮，回去二樓公關室了。

星期不一樣……？

想從區區三起命案找出周期性，這本身就是錯誤的期待。

儘管這麼想，龍崎還是拿起桌上的月曆。是民間壽險公司的業務來拉保險時送的。

四月二十六日星期二、五月八日星期日、五月十六日星期一……

龍崎不抱什麼期待地把這些日子圈起來。果然毫無規則性可言。

他正要把月曆丟回去，赫然一驚。他覺得他看過這樣的圈印模式。

難道……

龍崎從第一起命案開始，直到最近的一起，依照某種規則畫下幾個圈印。

他看出明確的規則性了。圈印呈一斜線並排。這是警察官再熟悉不過的模式。

也就是每隔三天就有一個圈印。犯案的日期完全符合這個模式。

轄區的地域課和交通課、警備課都是輪班制。日班、第一班、第二班、休假，如此重覆。每隔三天就會輪到休假。

研習時期，龍崎也會在月曆填入休假日。他記得這個規律。

這個規律代表了什麼，洞若觀火。谷岡也說，兇手的行動應該相當受限於職業等因素。換句話說，兇手很有可能是現職警察。

這麼一想，動機似乎也能解釋得通了。兇手也許是從前負責綾瀨署少女綁架、監禁、強姦、殺人、棄屍案的警察。

兇手接觸過那起凶案的加害者，應該對那些加害少年的德行再清楚也不過。但不食人間煙火的法官卻對那些少年判處輕到不能再輕的量刑。兇手一定是這麼想。然後他得知他們出獄的消息，計畫殺害他們。

龍崎呆了半晌。兇手極有可能是現職警察。萬一真的是這樣，會引發比龍崎一開始設想的更驚人的風波。

不，等等……

龍崎試圖要自己冷靜。

不能妄下論斷。這是辦案時的鐵則。只是日期剛好和警察值班模式一致而已，也有其他的可能。或許還有其他職業的上班模式和警察一樣，比方說二十四小時運作的工廠。雖然沒有調查過，但不是不可能的事。

計程車司機怎麼樣？不，計程車應該是每兩天休一天。

女性從事的職業呢？如果凶器是手槍，女性也完全有可能行凶。即使是鈍器，只要出其不意地攻擊，也可能把對方毆打至死。

他覺得特種浴場好像也是類似的上班形態。在轄區研習的時候，他聽當時的保安課提過這樣的事。

兇手還不一定就是警察。要是隨便說出口，到時候丟臉的會是自己。丟臉也就罷了，若是在警察廳內引發多餘的混亂，就得做好受處分的心理準備。

因為有邦彥的事，若是在這個節骨眼犯錯，將成為致命傷。

龍崎從頭開始細想。

伊丹說，兇手的動機有可能是過去凶案受害少女身邊的人挾怨報復，或出於社會正義、義憤。這點龍崎也同意。

搜查本部也不是平白在浪費時間，一定老早就徹查了當年少女死者身邊的人。但還是查不出可疑嫌犯的話，可能動機的就是後者，出於社會正義或義憤。

但人會為了社會正義而殺人嗎？即使感到憤憤不平，但因此就殺害毫無瓜葛、已經服刑出獄的前科犯，實在太不現實了。

除了強盜殺人等情況，殺人的動機其實都私人到令人驚訝。現實中不可能發生動機抽象的殺人。換句話說，擬定計畫殺害毫不認識的對象，極為不現實。

假設兇手對三名死者十分熟悉，就解釋得通了。但這麼一來，又會回到剛才的推理。兇手或許參與過當年凶案的偵辦，就是在當時認識這次的三名死者。這麼一來，動機方面也合情合理了。

龍崎盯著手中的月曆，尋思該怎麼做。

他也可以直接把月曆丟進垃圾筒，當做什麼也沒發現。反正刑事局認為輪不到總務課來多事，伊丹也說偵辦交給現場就好。

只要閉上嘴巴，隔岸觀火就是了。也許這是最好的做法。

但龍崎向來重視原則。

警察官員的原則是迅速、正確、細心。

一旦有任何發現，不管是不是正確答案，都應該提供給適當的對象做為參考。

這種情況，適當的對象是誰？刑事局的坂上根本不在考慮之列，他才不聽龍崎說什麼。而要通知參事官牛島還嫌太早。

龍崎站起來，走向也兼做會客室的小會議室。確定裡面沒人之後，進入小會議室，取出手機。

打到伊丹的手機。

響了三聲，對方接聽了。

「現在方便說話嗎？」

「沒問題。」

「兇手會不會是現職警察？」

電話另一頭，伊丹沉默了。

9

伊丹好半晌沒有聲音。這說明了他的震驚。龍崎等伊丹開口。

片刻之後，伊丹壓低了聲音說：「這消息哪來的？」

那語氣讓龍崎確信自己矇中了。

「我從作案日期的周期性發現的。三起都符合每三天休一天的周期。警察的話，動機方面也解釋得通。」

「真有一手。你可以加入搜查本部嗎？」

又在耍嘴皮子了。伊丹想要保持他應付自如的形象。

「現在是開玩笑的時候嗎？搜查本部已經發現這件事了嗎？」
「嫌犯已經逐漸鎖定了，目前正在堅壁清野。但調查員都很不知所措，因為也許會有現職警察因殺人罪嫌被捕。」
「這件事通知警察廳的刑事局了嗎？」
「還沒。等到確定嫌犯，可以申請拘票時再報告。」
「那樣就太慢了。警察廳會來不及反應。」
「反應什麼？」伊丹的聲音增添了幾分迫力。「萬一兇手是現職警察，根本無從反應。轄區署長一定得引咎辭職，搞不好我也要丟飯碗，警視總監的位置也岌岌可危，連刑事局局長的職位能不能保住都很難說。」
伊丹說的「丟飯碗」指的不是辭職離開，而是辭去現職下台。國家公務員的工作不會被剝奪，但必須辭掉原本負責的職位。
這句話對現在的龍崎來說，充滿了真實性。
現職警察殺人。比起警察的家人犯罪，這肯定更令社會譁然。因為這是職務上的問題。

伊丹一定是在嚴肅思考自己的去留。

「檢察官呢？檢察官知道這件事嗎？」

「不能瞞著檢察官。但我們聲稱只是可能，還不確定。」

「實際上怎麼樣？」

「我想幾乎錯不了。只能祈禱是哪裡弄錯了。」

以伊丹來說，語氣難得毫不保留地透露出他的苦惱。他無疑處在進退維谷的窘境。

視情況，非常有可能就像伊丹說的，被解除刑事部長之職。理由雖然完全不同，但他陷入和龍崎相同的處境了。

「總之我尊重你的判斷。」龍崎說。「上報警察廳刑事局還太早的話，我也暫時不會說。」

「拜託你了。」

「你千萬要留意媒體。消息向來是現場調查員洩漏出去的。」

「我知道。」

龍崎掛了電話，坐到沙發上思考。

往後會怎麼發展？現職警察染指殺人。這是有可能從根本撼動人民對警方信賴的大事件。

破案率低迷、再加上黑金問題等等，這陣子警方的風評原本就一落千丈，搞不好這將演變成警視廳和警察廳有史以來最嚴重的風暴。

執政黨和在野黨一定會在各委員會提出質詢。像在野黨，一定會像建了什麼赫赫大功一樣，得意地追究警方的醜聞。而總務課必須負責分配那些如暴風雪般蜂擁而至的質詢問題。

刑事局的阿久根局長和坂上還不知道有現職警察涉嫌。這件事令龍崎隱隱有種優越感。

他正在尋思該如何應變此事，忽然想到這也許是個機會。邦彥被捕，一定會成為媒體獵殺的對象。這可是警察廳課長職的職員兒子持有並吸食毒品被逮，媒體絕對會見獵心喜。

但若是碰上現職警察的殺人案件，持有及吸食毒品頓時相形失色，一定會被混亂掩蓋過去。

即使龍崎受到降級人事處分，一定也不會引起注意。就像伊丹說的，現職警察犯下殺人案，可能造成警視廳和警察廳幹部引咎去職。

這樣啊，不只是我，伊丹也得去職。

在升遷競爭中遠遠落後伊丹令龍崎心有不甘。但現在伊丹和龍崎都面臨相同的危機。

這樣想太下作了。

龍崎很清楚，但感到輕鬆卻也是事實。如此一來，受到降級處分的就不只有龍崎一個人了。

忽然間，他對伊丹感到同病相憐。

這對龍崎也是件意外的事，但他確實對伊丹有種個人的親近感。不，也許該說是憐憫。伊丹因為個性陽光，表面上似乎沒吃過什麼苦，但實際上他肯定也付出了相當大的努力。光是私大畢業，在高級事務官的起跑點就輸人一截。然而他卻爬到了刑事部長的位置。

也許他的努力全都會化成泡影。而且不是因為他個人的過失，而是受轄區署的愚蠢警察牽累。

龍崎拿起手機，再次打給伊丹。

「幹嘛？」

伊丹的聲音有些不耐煩。

「我有話跟你說。」

「說啊。」

「我想見面直接說。」

「難得你會提出這種要求。」

「其實我也面臨了危機。」

「危機？」

「對。」

一段沉默。

「我人在搜查本部，暫時沒辦法脫身。」

「我過去那邊。」
「到底是什麼事？」
「見了面再說。」
「好。但我沒辦法陪你太久。」
「不會占用你多少時間。」
龍崎掛了電話，離開小會議室。
他已經慎重考慮過接下來要做的事了。
要回心轉意就趁現在。
但結果龍崎還是決定前往綾瀨署的搜查本部。
龍崎搭計程車到綾瀨署。當到警察廳的課長職，計程車愛怎麼搭就怎麼搭。伊丹有自己的公務車，刑事部長的公務車遇上危急情況時，隨時可以化身警車。
官員把這些視為理所當然，但在這樣的不景氣中，這卻是民間企業無法想像的奢侈。龍崎和伊丹如果被降級，或許將再也無法享受這樣的禮遇。

都內各處杜鵑花盛開。天空烏雲密布，但樹木的新綠與杜鵑花鮮艷的色彩將景色點綴得熱鬧繽紛。

也許現在是一年之中最為舒適的季節。但很快地，警視廳和警察廳將再也無人有閒情逸致欣賞這幅美景了。

龍崎抵達綾瀨署，在櫃台出示證件，年輕的制服員警跳起來似地起立敬禮。龍崎詢問搜查本部在哪裡，員警便領他到大會議室去。

搜查本部的辦公室有股獨特的氣味。

是汗水、香菸，以及人在緊張時散發出來的獨特體味。這些氣味渾然一體。門口堆滿了外送餐碗。

現場一片喧囂。有人不停地在講電話，還有幹部吼也似地下達指令，然而同時卻又瀰漫著一股擺脫不掉的倦怠感。一星期過去，調查員都累壞了。

幹部的臉色會這麼糟，應該不全是疲勞的緣故。必須以殺人罪嫌逮捕現職警察，這個事實化成重大的壓力，令他們備受煎熬。

伊丹注意到站在門口的龍崎。

「噢，過來這邊。」

伊丹向周圍的搜查本部幹部介紹龍崎。

他們立刻全都站起來立正。

「請不必拘束。」龍崎站在門口說。「我不是來打擾辦案的。」

但沒有人肯坐下來。

龍崎對伊丹說：「有沒有可以私下談談的地方？」

伊丹問旁邊上了年紀的男子。應該是綾瀨署的人。

「署長室空著，可以去那裡。那裡有會客區。」伊丹說。

「哪邊都行。」

伊丹離席往門口走來，一名幹部準備領兩人去署長室，但龍崎拒絕了：

「請繼續工作。我大概知道署長室在哪裡。警察署的格局應該都差不多。」

男子惶恐地敬禮。

不只是搜查本部，整個署裡都鬧哄哄的。綾瀨署內的犯罪率特別高，素有「地獄」之稱。

進入署長室關上門，便安靜得像另一個世界。

伊丹在會客區的皮革沙發坐下。

「你要找我說什麼？」

龍崎也在伊丹對面坐下。

「在這之前，多告訴我一點嫌犯的事。」

「還不是嫌犯，是關係人。」

「隨便啦。」

「五十五歲，現在是某轄區署的地域係係長。」

「再做五年就可以退休了不是嗎？」

「沒錯。多希望他能再安安分分地工作五年……」

這是伊丹的肺腑之言。是絕對不能對記者透露的一句話。

他的意思是，就算要犯罪，怎麼不等到退休以後再動手呢？

龍崎想，是因為這裡只有我跟他，所以他放下心防了嗎……？

「那，該名警察被懷疑的理由是？」

「我們徹底清查了那起凶案的相關人員，包括受害少女的親朋好友，但全都落空了。地緣調查的結果也不理想。似乎就要走投無路的時候，我換了個觀點。也就是著眼於這三起命案的特殊性：那起凶案的加害者遭人殺害，但與犯罪有關的不只有加害者與被害者，執法機關也是關係人。」

「所以你們開始調查與那起案件有關的警察？」

「對。不過這個指示引來現場調查員明顯的反彈……偵辦階段，我也注意到作案日期的規則性了。那種在月曆上形成斜線的休假模式，對警察來說再熟悉不過。而要查出與過去兩起案子有關的警察現在的勤務表，不是什麼難事。」

「然後查到了那名地域係的係長嗎？」

「三起命案當天他都休假，而且他曾在綾瀨署擔任地域係係長，以前還待過大森署的地域課。」

「和過去兩起案子都有關？」

「街友命案的時候，他才二十多歲。少女殺人棄屍案時，他三十多歲。這名地域係的係長與被害少女也很熟悉，據說當時少女在速食店打工，他經常光顧那家店。周圍的人說，也許他對少女有好感。然後他也認識那些加害人。兩名加害人，也就是這次命案的死者，是惡名昭彰的不良集團成員，也是警署的常客。」

「但沒有決定性的證據，對吧？」

「現在正在追查凶器。但要找到物證相當困難。畢竟他是現職警察，了解警方的辦案手法。你知道大多數的罪犯為什麼會落網嗎？因為他們多半是業餘的，而警方是專家。」

「你剛才不是說正在清野堅壁？」

「現在正在詢問他當時的同事，還有身邊的人……坦白說，還查不到任何物證。」

「換句話說，若要起訴，大部分只能仰賴自白？」

「應該是。第三起案子沒有用槍，應該是已經把凶槍處理掉了。這下只能在自白中問出凶器的所在，再來就是靠現場模擬了……」

「他現在在哪個單位？」

「大森署。但這件事還不要公開，不曉得消息會從哪裡走漏出去，愈少人知道愈好。這件事我希望只有搜查本部知道。」

「有一點我感到不解。」龍崎說。

「什麼事？」

「在少女殺人棄屍案部分，那名地域係係長很有嫌疑。因為他認識被害者和加害者雙方，也參與案件本身的偵辦。但從你的說明來看，他和街友命案似乎沒什麼關係。」

「或許他只是忽然想到這個案子吧。」

「想到……？」

「對。少女殺人棄屍案的直接加害者當中，還有其他人也出獄回歸社會了。但第二起命案以後，那些人就有調查員盯著，他無法下手，所以換了個目標。」

「無法理解……」龍崎忍不住喃喃。

伊丹抬起眼珠子看龍崎。

「你真的無法理解？」

「什麼？」

「我覺得我能理解兇手的心情。少女和街友都是毫無來由地無辜遇害。殺害少女的加害者，只是為了滿足自己的欲望和衝動而殺人，甚至連一點反省的樣子也沒有。然而別說被處以極刑了，他們短短兩、三年就回到社會了。街友命案的加害者也是如此。大森署轄內的不良少年集團連續攻擊街友，把他們拿來當成幹架的練習台，最後終於失手殺人。想想被害者家屬的心情，教人如何承受得了？」

「這不是警察官員該說的話。」

「因為是警察，才會這麼說。少年法和現實已經脫節了。這一點現場的警察再清楚不過。」

「執法警察官漠視法律就完了。不管是什麼樣的惡法，法就是法。這是我們的工作。」

「我知道。」

「你的話前後矛盾。是你說有媒體用肯定的角度報導這次的兇手，要我多留意的。」

「我只是奉陪你的漂亮話。我沒辦法像你那樣活在漂亮話裡。」

看來伊丹在精神上承受到極大的壓力。平常的他不會說這種話。看他總是一副明朗快活的模樣，但也許其實精神上意外地脆弱。

「如果我們立場不堅定，現場會更無所適從。你是刑事部長啊，振作點。」

「基層警察再怎麼努力，頂多也只能爬到警視。退休前能當到警部就萬萬歲了，只做到巡查部長就退休的人也不少。你知道這樣的現場警察，他們的心靈支柱是什麼嗎？」

「是什麼？」

「正義感。也許你會覺得不可能，但看看那些調查員，正義感十足的人多到令人意外。要不然他們也不會守在搜查本部，沒日沒夜地熬上那麼多天。這可不是為了拼業績。調查員就跟獵犬一樣，只要聞到犯罪的味道，就身不由己要撲上去。」

「如果認同錯誤的正義感，會發展成恐怖主義，你連這都不懂嗎？私刑是絕對不能允許的。」

「我知道。」伊丹用雙手拇指搓揉太陽穴。「但民眾一定會對這次的兇手大表贊同。」

「我會努力避免這種情形。我會要報社刊登專家學者理性的意見，並呼籲電視台冷靜報導。你也是，你不冷靜，大家都難辦事。」

伊丹沉默片刻，然後點點頭。

「說出來輕鬆多了。放心，我會做好自己的工作。只要我還坐在刑事部長這個位置一天……」

「這也只能等人事院做出決定。這就是吃公家飯的難過之處。」

伊丹忽然想到似地看龍崎。

「對了，你不是有話要跟我說？說什麼你也面臨危機……是怎麼了？」

「是我兒子。」

「邦彥？他怎麼了？」

「他在房間抽海洛因香菸。」

伊丹瞪著龍崎，啞然失聲。一段漫長的沉默。這段期間，龍崎盯著自己交握的手指。

伊丹像是承受不住沉默，開口：「什麼時候發現的？」

「大概一個星期前。我進他房間，發現他在抽菸，但那不是普通的菸。」

「他是從哪裡弄來海洛因的……」

「他說有人去補習班兜售。」

「真糟糕……」伊丹喃喃。「時機太不巧了。警察連續殺人，再加上警察廳職員兒子吸毒……萬一鬧上檯面，警察會被抨擊到體無完膚。」

龍崎嘆氣：「事情都發生了，也沒辦法。我想破了頭，還是想不出該怎麼做才是最好的。」

「還有誰知道？」

「家裡只有我知道。」

「你告訴別人了嗎？」

「不。你是第一個。我連妻子都沒有說。但邦彥的朋友怎麼樣就不知道了。」

「這下麻煩了……」

「很麻煩。現在事情還沒有曝光，所以符合自首的定義。自首就可以減刑。邦彥是初犯，而且還未成年，或許可以被判保護處分了事。如此一來，審判也不會公開。」

「事情沒那麼容易吧？最棘手的還是媒體。你下面有公關室，應該有幾個熟悉的媒體高層吧？也可以懇求那些人……」

「這行不通。媒體第一線一定會有人高舉社會正義的旗幟，大聲撻伐。」

「唔，也是……」

「我跟你提過美紀的婚事嗎？」

「沒有。」
「她好像在跟三村先生的兒子交往。」
「三村？是你在大阪那時候的……」
「是我上司，現在也在大阪府警當本部長。要是邦彥的事曝光，婚事一定會泡湯。」
「我的天……」
「怎麼做才是最好？我想聽聽你的意見。依常理來想，自首應該是最好的做法……」
伊丹突然抬起低垂的頭，斬釘截鐵地說：「搓掉。」
龍崎大吃一驚。
「你說什麼……？」
「搓掉它。這種事情抖開來，沒人有好處。」
「少胡說了，你是叫我裝聾作啞？」
「這樣才是為了家人著想不是嗎？你應該好好和邦彥談談，要他悔過自新，這樣就好了。這麼一來，美紀也可以順利結婚。」

「根據毒品防治法，光是廢棄禁藥就算觸法了。你是叫我也一起染指犯罪嗎？」

「丟進馬桶沖掉就行了。這樣就結了。」

「你以為我做得出那種事？」

「不是做得到做不到的問題，而是非做不可。這是為了拯救家人和警察廳。」

「拯救警察廳？」

「沒錯。其實我已經暗自立下覺悟了。這次的事，只要是為了保護警察，什麼謊我都能貫徹到底……你也要這麼做。」

「等一下……」龍崎開始混亂了。「搓掉邦彥的事，就能拯救警察廳？」

「當然了。可以少掉一樁醜聞。」

「那樣是不對的。」

「你當然會那麼說，但這種做法才實際。」

「你說這次的連續殺人，你有了貫徹謊言的覺悟，這是什麼意思？」

「這……」伊丹欲言又止。「具體上我也還不清楚。」

「你真心以為撒謊可以保護警察組織？」

「我不知道。」伊丹的聲音沉了下去。「但如果是為了保護警察和警官，我不惜付出任何代價。我是這個意思。」

「你認為撒謊可以保護警察？」

「有時候可以。所以你也好好想一想。我再說一次，邦彥的事抖開來，沒人有好處。你的家人不會開心，警察廳也不會開心。警察廳的高層應該會氣你為什麼不趁早把它搓掉？」

龍崎打從心底震驚極了。

他從來沒有想過要把邦彥做的事情掩蓋下來，然而現場最高負責人伊丹卻叫他搓掉。而且伊丹還暗示關於那三起命案，若兇手是現職警察，他也會把這個事實掩蓋掉。這也是龍崎連想都沒有想過的事。

「這不可能救得了警察組織。」龍崎說。「只不過是敷衍一時。要是容許這種事，警察會日漸腐敗下去。結果別說拯救組織了，只會毀了組織。」

「你只要像那樣繼續說你的漂亮話就行了。也許那就是長官官房總務課的工作，但我可得統括整個警視廳的警察。光講大道理是解決不了現場的問題的。」

「所以我才叫你嚴正面對。」

「世上不是照你所想的那樣運作的。有句話叫『清濁兼收』，你繼續顧你的清，濁就交給我吧。」

「你那才叫漂亮話。說穿了，你只是想要保住自己的地位吧？」

「想保住地位有什麼不對？」伊丹以嚴峻的眼神瞪住龍崎。「我也有自己的生活要顧。我是辛辛苦苦才爬到這個位置的。」

「少在那裡胡攪蠻纏。我沒想到你這麼沒骨氣。」

「那你打算怎麼做？讓邦彥變成罪犯，讓家人痛苦，就是你最好的辦法嗎？」

「事情都發生了，也只能面對。所以我才在煩惱該怎麼做才能把傷害減少到最小。」

「我已經把方法告訴你了。」

「那種事我連想都沒有想過。」

「現在你知道了。」

「我不知道辦不辦得到……」

「總之，只要你睜隻眼閉隻眼，就不必把家人和警察廳扯下水。只要我承擔下來，警視廳和警察廳就能得救。就這麼簡單。」

「這樣就了結了嗎？」

「非讓它了結不可。這是你身為父親的職責。」

「父親的職責……這我也從來沒有想過。」

「你從來不顧家人，所以才會發生這種憾事。你必須扛起這個責任。」

「掩蓋事實，算負起責任嗎？」

「對家人是。」

聽到父親的職責，龍崎迷惘了。

確實，只要龍崎和邦彥不說，或許可以像什麼事都沒有發生過一樣，繼續過日子。但這樣就算是解決問題了嗎？

伊丹指責就是因為龍崎不顧家人，才會發生這種事。

但真的是這樣嗎？什麼叫顧家？是公事隨便交差，努力陪伴家人嗎？這就是父親的職責嗎？

龍崎真的迷惘了。

「那你兼顧了工作和家庭嗎？」

「什麼……？」

伊丹一臉詫異。他覺得這個問題很突兀吧。

「家裡的事我只能交給內人。國家公務員是服務國民的公僕，我認為它不是一份單純的工作。」

「所以才說你怪人。你以為這年頭有幾個公務員是像你這樣想的？」

「我不管其他人怎麼想，反正我這麼認為。所以比起家人，我向來以國家和國民為優先。因為對我來說，這是很自然的事。那你呢？」

「我跟你不一樣，是個凡人。唔，馬馬虎虎啦。」

「做到警視廳的刑事部長，應該忙到幾乎沒有私人的時間。一天二十四小時、一年三百六十五天，隨時都有可能出事。你應該都盡量留在東京都內，也避免外出旅遊。」

「唔，是啊。」

「那應該沒時間陪伴家人才對。」

「所以家庭才會毀了啊。」

「什麼……？」

「幸好我沒有孩子。……或者說，這根本不是能生養孩子的環境。我跟太太很早就幾乎是分居狀態了。因為我太忙了吧。但我們沒有離婚。你也懂吧？離婚對警察官員來說是個大污點。」

「我都不知道……」

「因為我一直保密。現在我們完全是一對有名無實的夫妻，她多半待在娘家，最近也很少碰面。」

龍崎困惑了。伊丹自己犧牲了家庭，卻叫龍崎保護家庭。正因為這樣，這番話更顯得用心良苦。

龍崎正在沉思，伊丹說：「說這話是為了你好，把它搓掉。這樣就皆大歡喜了。」

伊丹站起來離開了。

10

龍崎回到警察廳，不一會兒便接到公關室谷岡的內線電話。他似乎交代課員，龍崎一回來就通知他。

「《東日》的社會部部長要求會面。」

「什麼事？」

「他沒有說明用意，但似乎掌握到什麼了。」

難不成連續殺人案的嫌犯是現職警察的事洩漏出去了？

瞬間龍崎懷疑。

伊丹說他小心再小心，但現場的警察不曉得會在哪裡說溜嘴。機密大部分都是刑警洩漏給夜間駐守的記者的。轄區的刑警光是顧著眼前就分身乏術了，無法掌握偵辦行動或是相關的整體政治考量。若對方已經掌握消息，有必要見上一面。

「詢問他的來意。」

「好的。」

「還有，告訴他我不能與特定報社的人正式會談。如果無論如何都想見面，只能是非正式，即使是這樣，也必須與其他報社達成協議之後再來。」

「好的。」

龍崎離席，不著痕跡地觀察長官官房整體氛圍。看不出異樣。每個人都一如往常，淡淡地處理公務。似乎還沒有人發現命案嫌犯是現職警察這件事。也許他們從來就沒把命案放在心上。

警察廳是公家機關，處理的是政府和政治人物相關事務，素來傾向於把社會案件交給現場基層。當然，警察廳的幹部職員是高級警察官，也在現場累積過經驗，但沒有人會認真去學習辦案技巧。不過公安課和警備局例外。公安和警備與國家警察的職務直接相關。

刑事警察或許是距離國家警察最遙遠的存在。

回到座位，電話在響。

是谷岡打來的。

「我和《東日》的社會部部長談過了。對方說最近的一連串殺人案，無法忽視過去案子的影響，想要針對這一點談談。他說已經和其他報社說好了，當然非正式會談就行了。」

「好。時間呢？」

「他說希望今天就能碰面。只要課長方便，他們可以派雇車來接。」

「報社還是老樣子，真闊綽。現在這麼不景氣，居然還可以雇車到處跑……」

「對方問六點方便嗎……？」

「六點是吧。跟他說好。」

掛斷電話後，不知為何龍崎感到一陣厭煩。也許是見報社人員讓他心情沉重。

總務課課長管理警察的公關事務。在公關室成立以前，警察廳的公關是總務課課長的職務。

龍崎自己以前也當過公關室長，所以在報社等媒體人之間還算吃得開。換句話說，他的臉和名字在媒體圈裡算是有名的。他常有機會和媒體人交談，自認為深諳如何與記者打交道，但刺探彼此的心思仍是件勞心費神的工作。

龍崎看著桌上的文件，又想起邦彥的事。

伊丹的話與其說是震撼，更接近出人意表。掩蓋事實不在龍崎的選項裡面。

應該把它加入選項嗎……？

伊丹很在乎他人的目光。或許他想塑造出一個通情達理的庶民派官員形象。可能也因此他自以為熟悉人情世故，但站在龍崎的觀點，這非常危險。

人情世故其實無法拿來當成任何準則。

伊丹說的話，他不是不能理解。只要龍崎當做沒看見，再命令邦彥閉嘴就行了。邦彥應該也不會四處吹噓會害自己坐牢的事。

換句話說，這樣就圓滿解決了。

不必傷害家人，警察廳也不會橫生風波。伊丹說這才是保護家庭、保護警察廳。

這一點他無論如何都無法苟同。因為他不認為這樣算得上是什麼保護。

就像伊丹說的，龍崎是不想承受掩蓋罪行的愧疚嗎？確實他不想。一直以來，龍崎認為貫徹原則才是官員真正的做事方法。

而他自認為向來身體力行。雖然也有不盡人意的時候，但他認為大體上都貫徹了原則。

貫徹原則，即是奉行中心思想。龍崎討厭「看情況」。他認為這三個字反映了草率與敷衍。

若不重視原則，系統就會腐敗。無能的官吏因為不知道重要的是什麼，便只知道依著法律條文和通告的字面，不經思考地執行。然後會變得因循苟且，也就是淪為照章辦事、不知變通的公家作風。這就是疲弊的公家機關系統。網羅了能幹的官員、真正有效的組織，應該是重視原則、但保有臨機應變的餘裕。

身為警察官員，他不認為掩蓋邦彥的罪行是重視原則的做法。

父親的職責……

想到這裡，龍崎陷入沉思。

確實，也許自己沒有盡到父親的職責。如果這樣是錯的，那麼在高度經濟成長期埋首工作，貢獻國家經濟的勞工和上班族全都是壞人了。龍崎認為那樣的社會是錯的。父親就是在外頭工作，母親就是保護家庭，而孩子看著這樣的父母成長。

但現在的社會似乎漸漸轉變，再也容不下這樣的觀念了。事實上，伊丹的婚姻生活就出現裂痕。

而邦彥持有毒品並吸食，觸犯法律。

那麼，該怎麼做才對？多跟孩子們談心嗎？但印象中，從前的父親是嚴格的，難得跟小孩子說上一兩句話。龍崎的父親是這樣，祖父更是如此。

雖然沒有根據，但他覺得那種時代養育出來的孩子像樣多了。

會不會是現代社會要大人勉強跟孩子溝通，才會引來孩子無謂的反抗？簡而言之就是太驕縱孩子了。現在已經成了大人討好小孩的時代。

我太放縱邦彥了嗎？

事到如今想這些也沒用。

搓掉嗎……？姑且不論會不會選擇，選項總是選項。

他決定這麼想。

總之，得先好好跟邦彥談一談。自從那天以後，他完全沒有跟邦彥說到話。邦彥好像一直關在房間裡。

龍崎早出晚歸，所以兩人難得碰面。雖然週末不必工作，但龍崎累壞了，提不起勁跟孩子談什麼。

今晚就跟他談談吧。龍崎私下決心。

雇車載著龍崎駛上神樂坂，停在毘沙門天善國寺旁。下車之後，一個日式女傭打扮的服務生出聲向他招呼：

「您是龍崎先生嗎？福本先生正在恭候大駕。」

龍崎隨著服務生走進小巷。巷道不知不覺間變成石板地，深處有一道沒有招牌的拉門。

石板地上灑了水，防止塵埃飛揚。

穿過拉門，有座小巧但精心布置的庭院。踏石周圍鋪滿黑色的沙礫。

他知道前方是日式高級餐廳。玄關很狹小，一眼就看出是一次僅能招待少數貴賓的店。

《東日》的福本多吉在二樓六張榻榻米大的和室等他，坐在靠近門口的末座。

「啊，你好。不好意思把你找來。」

龍崎直接在背對壁龕的首座坐下。他不想把時間浪費在讓座上面。

「沒想到會是這樣的高級餐廳。」

「哪裡，比不上官員的應酬費囉。」

很微妙的挖苦。

福本多吉穿著深藍色西裝，宛如官員，但領帶很花俏。摻雜了白髮的頭髮全往後梳。

體格富態，但絕非臃腫醜陋，而是散發出威嚴。皮膚黝黑，應該是打高爾夫球曬出來的。

「先上啤酒可以吧？」福本親暱地說。

「我是來談事情的。晚飯會回家吃。」

「噯，別這樣……不就說是私人會談了嗎？就吃個飯，交流交流嘛。」

「在這種地方用餐要付上多少錢，我心裡有數，自掏腰包有困難。你應該挑個更平民的地方的。」

「自掏腰包……？」

「這應該各付各的。而且這是私人會談，不能請公款，當然得自掏腰包了。」

「你一點都沒變呢……何必那麼一板一眼呢？這點吃喝，敝報社招待。」

「弄個不好會觸犯收賄罪的。」

福本賊笑起來。

「你這人真的很有意思。這種個性，虧你能混到今天。」

「進入正題吧。」

「讓我倒個啤酒，潤潤喉總行吧？」

龍崎前方的玻璃杯精細到感覺一捏就碎，福本任意在裡頭斟入啤酒。

然後他一口氣喝光自己那杯，說：「這次案子，本來以為我們報社搶了獨家，沒想到被警方的應對放了冷箭。」

「我對報社之間的競爭沒興趣，警方也沒有責任。」

「我知道。我找你來，不是要跟你訴苦。問題是往後怎麼處理。週刊開始為這次的兇手冠上復仇者、正義使者的名號，談話節目也有來賓對兇手做出肯定的評語。」

「談話節目總是不負責任。」

「週刊和電視在輿論風向上是不容忽視的。」

「難不成貴報也要展開類似的報導？」

「我們向來秉持良知辦報，才不幹那種事。但這次的案件可能是一顆未爆彈，也是事實。」

龍崎決定閉嘴。最好讓福本自己說。

如果福本知道有警察蒙上嫌疑，應該會提出某些交換條件。

「這案子有可能重新點燃少年法的爭議。我記得少年法為了因應凶惡犯罪的低年齡化，在平成十二年十一月做出修正，此後被害者可以獲知一定程度的案情，被害者及親屬也能在審判中表達感受及意見。未滿十六歲的少年不能送交檢方的規定也被廢除，法院可以判處少年無期徒刑或有期徒刑。凶惡犯罪的少年審判案中，檢察官也可以列席了。但狀況還是故態依舊，少年凶惡犯罪繼續發生，再犯率也很高。」

龍崎不是轄區調查員，沒必要聽福本指導少年法修正的內容。其實對於與自己並不直接相關的法律，現場的刑警與警察官無知的程度令人驚訝。當然，也不是刑警就了解所有的刑法。但龍崎是高級事務官，對法律有著全面性的大略知識。

這就叫做班門弄斧，但龍崎沒有說話。要是在這時候插口，會壞了福本的興致。讓他說得愈起勁愈好，那樣才會不小心透露出真意。

「我明白少年法的理念。理想的社會是，國家做為家長，努力讓少年更生。我也明白少年的人格還不成熟，容易受到環境和同儕的影響，所以必須充分考慮到這一點。大多數失足少年或許是這樣的，但現在有許多失足少年卻完全跳脫了這個範圍。他們之所以變成今天這樣，並不是受到環境或同儕的影響。他們是為了追求快樂，主動為非作歹的。你知道嗎？聽說現在年輕人之間，禁藥蔚為一種流行呢。」

龍崎感到一團冰冷的東西按在背上。

難不成是要說那件事……？

心臟開始怦怦亂跳。

福本不可能知道。

但他真的不會知道嗎？他真的完全沒有知道的可能嗎？

龍崎逮到邦彥吸毒的現場，是一星期以前的事。後來邦彥應該沒有外出，龍崎也幾乎沒有告訴任何人。

但那應該不是邦彥第一次吸食海洛因香菸。如果他以前吸食的時候被別人看到，而這件事輾轉傳入福本耳中……不能否定這個可能性。

然後龍崎也告訴伊丹了。雖然覺得不會，但伊丹也可能洩漏給福本。

也許是拿來當成某些交易的籌碼。伊丹說，只要是為了保護警察，他什麼事都做得出來。拿籌碼交易這點事，他應該不會猶豫。

他不知道是拿來交換什麼。也許是現職警察蒙上嫌疑的事實被《東日》記者得知了，為了避免見報，所以拿邦彥的事做為交換，這也是有可能的。

「社會會變，少年也會變。尤其是綾瀨署轄內發生的那起少女綁架、監禁、強姦、殺人、棄屍這種慘絕人寰的凶案，更是象徵了這一點。惡名昭彰的不良少年集團只為了追求快樂，輪姦了好幾名女性。其中一名死掉了，但他們毫不反省，棄屍滅跡，然後繼續犯下強姦案。街友命案也是如此，加害者是大森一帶的不良少年集團，為了練習拳腳這種荒唐的目的，到處攻擊街友，出於好玩的心態對弱者施暴，然後殺害。為了追求快樂而殺害弱者的少年犯罪層出不窮。」

龍崎慎重地聆聽福本的話。不能漏掉一字一句。也許裡頭隱藏著某種訊息。現職警察的嫌疑、邦彥的吸毒犯罪。不論何者，都是棘手的問題。

福本仰頭一口氣喝光啤酒，再為自己斟了一杯。

「對少年犯罪採取嚴刑峻罰，是現在必須嚴肅探討的議題。」福本說。「這次的案子是個大好機會。雖然還不知道兇手是誰，但不管兇手是什麼樣的人，當年凶案的被害人家屬一定都感激在心。」

這番話令龍崎吃驚。

大報社的社會部部長的看法居然如此膚淺，教人目瞪口呆。被害人家屬的心態才沒有那麼單純。

家屬必須對抗犯罪的記憶。為了與駭人的記憶共存下去，他們付出難以想像的精神努力。據說那起凶案死者少女的母親，現在仍在接受精神科的治療。這次的命案，等於是把原本就快闔起的傷口瘡疤給硬掀開來。家屬一定又重新憶起了過去痛苦的種種。

不過，這也許是陷阱。

龍崎提高警覺。

如果福本知道嫌犯是現職警察，有可能藉由像這樣吹捧凶犯，刺激龍崎做出不當發言。

「我們報社在第一起命案時，搶先報導了與過去凶案的關聯。我們不打算就這樣無疾而終，準備推出嚴肅探討少年凶惡犯罪的系列報導。所以想要聽聽你毫不保留的意見。」

「毫不保留的意見？」

「對。如果要嚴肅探討少年犯罪，怎麼樣都會提到少年法。」

「怎麼會需要我的意見？」

「就是……」福本板起面孔，又仰頭灌了一大口啤酒。「我想知道警方對這次案件的真實看法。」

「真實看法……」龍崎困惑了。這問題太籠統了。「案子就是案子。不管是偵辦程序還是方法，都跟其他案子沒有什麼不同。」

「警方現場也有人對少年法提出批判吧？」

「有啊。」龍崎乾脆地承認。「少年事件採取全案移送主義，也就是必須全部先移交給家事法庭。這要是一般刑事案件，送交檢方後，就可以進行羈押手續，慢慢地偵訊。現場的警察官可以充分調查後，以證據讓嫌犯自白。」

「我不是說這個……就是犯下凶案的少年，兩、三年就可以回到花花世界的這個制度……」

「站在警方的立場，無法判斷法律是否適切。這是法務省和國會議員的工作。」

「每次跟你說話，都愈來愈覺得自己像個傻瓜。」

這不就是事實嗎？

龍崎暗想。這種水準的人居然指揮大報社的社會部，這才令他感到匪夷所思。

「法律是否切合現今的社會，是永遠的課題。所以才會進行法律修正。」龍崎說。「像少年法也修正過了。但修法必須審慎為之。特別是必須顧慮到人權。」

「就是那個人權啦。」福本說。「罪犯的人權經常成為話題，但我強烈地認為被害人的人權都被忽略了。」

「這不是能僅憑印象來談論的問題。」

「我知道。但對於被害人，總覺得警方沒有做好妥善的照顧。」

「那不是警察的任務，而是社工和律師、心理醫師，或是受害者團體之類的組織該扮演的角色。」

「我們這系列的報導也會披露受害者的真實處境。必須讓世人知道少年犯罪的被害人還有家屬是活在怎樣的心境中。」

「不覺得這會橫生枝節嗎？」

「採訪的時候我們會特別留意。」

「先是變成犯罪受害人，再受到媒體傷害，那樣實在太慘了。」

「不要把我們報社記者拿來跟電視台記者混為一談。喂，至少喝個一杯嘛。」

龍崎碰也沒碰啤酒杯。

「我向來只在家喝一罐啤酒。這是我的習慣。」

「在這裡喝還是在家裡喝，不都一樣嗎？」

「我不能在這裡喝。」

「欸……」福本說。「嫌犯應該已經鎖定了吧？」

「我不知道。」龍崎說。「現場的事我不清楚。這種問題應該去請教警視廳的人或檢方。」

「夜間採訪是第一線記者的工作啦。」

福本又灌了一大口啤酒，然後按了桌上的服務鈴。是要叫人送菜上來吧。這表示重要的事已經談完了。包廂有女傭進進出出的狀況，不可能談要事。

「你跟警視廳的刑事部長從小認識吧？」

「我們只是小學同班。我跟他不熟。」

「就算不熟，畢竟從小認識啊。那個叫伊丹的，我實在拿他沒轍⋯⋯跟你還比較談得來。」

這話令人意外。

不管怎麼看，伊丹都更擅長社交。

「只是因為福本先生跟我認識比較久吧？」

「不是這樣。那傢伙還滿投機進取的對吧？教人無法信任。我覺得他這人表裡不一。在這方面，你就單純多了。」

「是嗎？」

「你不會搞表面話跟真心話那套。」

「身邊的人都說我是怪人。」

福本笑了。

「我知道，但我很賞識你，所以一直想找個機會好好跟你談談。哎，坦白說，我會把你找來，就是想私下聊聊。」

龍崎難以揣摩福本的真意。

事情真的這樣就談完了？那真是太浪費時間了。

龍崎決定提問：「不是你掌握到什麼我不知道的事實嗎？」

「嗯……？」福本露出愣住的表情。「警察廳的高級事務官不知道的事，我怎麼可能知道？」

「也有些現場記者消息很靈通吧？」

「什麼都沒有掌握到啊。唔，要說這點奇怪，的確是很怪……大部分時候，只要巴著刑警不放，總是會洩漏出一點蛛絲馬跡來。他們會像餵野狗那樣，賞些無傷大雅的消息，但這次卻什麼都沒有。這點令人有些好奇……」

雖然只有短短一瞬間，但福本的眼睛射出凌厲的光芒。

他果然隱約察覺這次的嫌犯身分非比尋常了。

「偵辦似乎有些觸礁。」龍崎盡量輕描淡寫地說。「就算想要給消息，也拿不出東西吧。」

「對了，大森署那起案子，搜查本部為何不跟前兩個案子併在一起呢？」

「我不知道。偵辦是警視廳和埼玉縣警的工作……」

龍崎看出來了。

伊丹是故意把搜查本部分開的。也許是對媒體的障眼法。如果三起命案的搜查本部統合在一起，媒體的目光也會集中在此處。

雖然很有可能是同一兇手犯下的連續三起命案，但也許伊丹是想給人兇嫌不只一個的印象。

不管怎麼樣，都是權宜之計，只能拖點時間。一旦兇手落網，即使不願意，一切都會攤開在陽光底下。

伊丹打算在哪個階段動手逮人？或許他仍抱著一縷希望，期望現職警察的嫌疑能夠洗清。

實際上這樣的可能性有多高呢？

「打擾了。」

女傭端來生魚片。是通透的比目魚、帶黑的新鮮墨魚、肥美的青甘鰺，和色澤鮮艷的赤身鮪魚。

「如果談完了，我要告辭了。」龍崎說。

「吃過再走吧。這裡的料理很棒的。」

龍崎對食物並不講究。倒不如說，不管好不好吃，他幾乎都沒興趣。

「與其找我，請小姐來陪更好吧？拿請我吃飯的名目向公司請款就行了。」

龍崎這話是在諷刺，但福本看看表說：「被你這麼一說，這時間還夠跟小姐吃頓飯，再讓小姐帶進場。叫個酒店小姐好了……」

「那麼，恕我失陪。」

龍崎離席，福本掏出手機。

11

杞人憂天一場。龍崎走向地鐵東西線的飯田橋站，鬆了一口氣，同時也有些氣惱。

不是氣福本，而是氣自己。

人一心虛，就無法正常下判斷。這就是所謂的疑神疑鬼。

原本他內心忐忑不安，以為福本要向他提出交易。不僅如此，他甚至懷疑了伊丹。

龍崎有些自我厭惡。失去判斷力的官員一點用都沒有。

至少邦彥的事，要好好處理……

他猶豫著要回去警察廳還是回家。看看手表，才七點多而已。平常這時間他應該還在警察廳。

他在地下鐵入口旁避開人潮打電話給谷岡。

「如果廳裡沒事，我要直接回去了……」

「這邊沒狀況。福本部長說了什麼？」

「只是閒聊而已。他本來想探聽個獨家，但撲了個空。揮起來的刀沒處落，所以扯了一堆什麼要推出少年犯罪系列報導之類的。」

龍崎一邊說，一邊掃視周圍。隔牆有耳，不能說得更多了。谷岡似乎也聽出來了。

「好的。請不必掛心聽裡。」

龍崎掛了電話，走下車站樓梯。雖然尖鋒時間過去了，但電車裡擠得像沙丁魚罐。人的呼吸摻雜著酒精味，悶熱難當。已經到了待在電車裡會冒汗的季節。

這些疲累的上班族和粉領族，應該都有著各自的煩惱。金錢煩惱、人際關係的煩惱、工作不順利的煩惱……

人生在世，有著數不盡的煩惱。問題在於能否應付。龍崎設法在回家前調整好心情。

「咦，今天也回來得好早。」妻子冴子說。

「不必每次我提早回來都那麼吃驚吧？」

「當然要吃驚啦。因為你真的很少在家。」

「邦彥在房間嗎？」

「後來就一直關在房間裡。是不是變成繭居族啦？」

才不是那麼簡單的問題。

龍崎在心中回嘴。

「邦彥有說什麼嗎？」

「沒有啊……？」

「吃飯前我先跟他談談。」

妻子什麼也沒說。她應該察覺不對勁了，但什麼也沒問。這樣的體貼令人感激。

邦彥穿著西裝站在邦彥房門前。敲門需要一點勇氣。這種情況比起外人，對家人更費神思。

他敲門後開了門。

邦彥坐在床上玩手機。瞬間龍崎心裡一涼。就算把他關在房間，如果有手機，也毫無意義。可以任意跟外界聯絡。

也許他已經告訴哪個朋友自己抽海洛因香菸被老爸抓包，遭到禁足了。

「你打手機跟誰聊天嗎？」

邦彥在床上動了動，好像不曉得該擺出怎樣的姿勢才好，結果還是繼續靠在床頭板上。

「沒有。」

「有傳簡訊嗎？」

「沒有。」

「你不是在玩手機嗎？」

「打電動而已啦。因為太無聊了……」

龍崎不能問「怎麼不念書？」。邦彥應該也無心念書吧。

「我想知道詳細狀況。」

龍崎關上門，站在門前說。

邦彥慢吞吞地直起身子，在床上盤腿而坐，擺出像樣點的姿勢。

龍崎問：「你什麼時候開始抽的？」

「大概三個月前。」

「有多頻繁……？」

「偶爾……在菸頭沾上海洛因抽，就會覺得很幸福，可是接下來就會很不舒服，一整天什麼事都不能做。嚴重的時候，得忍耐三天才會過去。不過聽說只要忍過那三天就不會上癮……」

「誰跟你說的？」

「學長。那個學長去泰國旅行過，有經驗。」

「你說你在補習班買的？」

「嗯。」

「賣你的人長什麼樣子？」

「什麼樣子……就二十多歲的人啊。搞不好跟我差不多大。」

「你們怎麼認識的？」

「是他搭訕我的。他好像向很多人兜售。」

「你知道他叫什麼嗎？」

「不知道。」

「你把你的名字和聯絡方法告訴他了嗎？」

「我們不說這些的。」

「那如果你還想要，要怎麼聯絡？」

「我哪知道啊？」邦彥說。「我是第一次吸，根本沒想過還會不會想要。」

「真的是第一次嗎？」

「真的啦。」

龍崎已經知道邦彥並沒有成癮。沾在香菸上吸食是最初階的做法。若是繼續抽下去，應該就會無法滿足於此了。

但聽到邦彥說他第一次買，龍崎還是稍微鬆了口氣。如果自首的話，這對調查員的心證應該會有加分作用。

此外，沒有把身分告訴藥頭，對龍崎也是個有利的要素。若選擇掩蓋這件事，這一點就特別重要了。

「今天我跟報社的社會部部長碰面，他說現在的年輕人把吸毒當時尚，你也是這樣嗎？」

「不是啦。」

「那你為什麼要買海洛因？」

邦彥垂著頭沉默著。

「為什麼？」

「為什麼……我也不知道啊……」

「怎麼會不知道？會買一定有理由吧？人不會沒有合理的理由就行動。」

邦彥抬頭了。表情不悅。

「就算沒有合理的理由，也會一時衝動啊。」

龍崎無法理解這句話。不，正確地說，這句話總是讓他感到不可思議。人的行動一定有某些原因。他當了警察官員這麼多年，看過許多罪犯。

衝動犯罪這種說法被濫用，但只要深入探究，一定可以找到某些原因。世上沒有毫無動機的犯罪。雖然有吸毒看到幻覺而作案的情況，但這也是不折不扣的理由之一。以衝動來形容的犯罪，大部分只是本人沒有自覺而已。而龍崎把沒有自覺解釋為思慮不周。

當然，龍崎自己在年輕的時候，也常疑惑自己為什麼會做出某些事？但他漸漸地去避免那類無法解釋的行動。對龍崎來說，這是很重要的。

龍崎陷入沉思，邦彥好像誤以為他答不出話來，乘勝追擊說：「爸總是這樣，以為只有自己想的才是對的，然後逼我們接受。」

「要你們做對的事，有什麼不對？」

「有時候就算對你來說是對的，對我們來說也不一定是啊！」

「我不懂。」龍崎說。他是真心不懂。「對的事情，對每一個人應該都是對的。」

「才不是！」

「那你解釋給我聽。」

「我之前就解釋過了。」

「再說一次。我想要確定。」

「我覺得我不需要上東大。我都已經考上私立大學了，而且是眾所公認的一流私大，然而爸卻說什麼東大以外都不算大學，不肯讓我念。」

「你在氣這件事？」龍崎說。「所以你想要毀了一切，才去買了海洛因？那麼你的企圖成功了。爸的未來，還有一家人的生活現在都面臨危機了。」

邦彥有些慌了。

「我沒想到那麼多，只是覺得很氣又很煩，自己也沒辦法控制。所以賣毒的人問我要不要試試，我就覺得隨便了啦……」

「爸是警察廳的官員，那時候你沒有考慮到這一點嗎？」

「我沒想那麼多。」

「真教人無話可說……」

「的確……」邦彥說。「現在我很後悔自己做了傻事。」

「狀況比你所想的還要糟。爸有可能受到某些處分，你姊的婚事也有可能告吹。」

「原來爸只想到自己的升遷。」

「這不是廢話嗎？」龍崎說。「只有升遷才能增加權限。官員若想推動理想，唯有升遷一途。」

「家人怎麼樣你都無所謂嗎？」

「就是因為在乎你們，我才會像這樣跟你談。再說，如果爸升遷，對家裡也有幫助。收入會增加，可以搬進更好的宿舍，生活環境會變得更好。」

「爸就是這樣。」

「哪樣？」

「逼家人接受自以為對的事。」

「還有比這更正確的事嗎？官員的生活就是這樣。爸還算好的，像財務省和外務省的高級官員，一星期能回家的日子沒有幾天。」

「所以我才不想啊。」

「不想要什麼？」

「我不想被爸逼著進東大、當官員。那種人生，我才免談！」

「你幾歲了？」

「十八。你連自己的小孩幾歲都不知道嗎？」

「爸今年四十六。年輕的時候，爸在全國各地受訓，增廣見聞。人生經驗你跟我差多了。你覺得誰的判斷才是對的？」

「不是那種問題吧？」

「那是什麼問題？」

「我的人生是屬於我的。」

那種陳腔濫調再度令龍崎目瞪口呆。

「這還用你說嗎？所以我才會叫你趁著年輕，多增加自己的可能性。要不要當官員，進東大以後再考慮就行了。我並沒有強制你當官員。聽好了，全日本最尖端的智慧和技術都集中在東大。光是進入東大，可能性就多了好幾倍，沒道理不利用。」

「利用……？」

「沒錯。你說你的人生是屬於你的。那麼為了自己的人生，徹底利用所有能利用的事物，才不算損失。而既然要利用，就要利用最好的。進東大只不過是條件之一。但如果連這個條件都無法達到，卻宣稱什麼想要自由過人生，那說穿了只是輸不起罷了吧？」

邦彥茫茫然地看著龍崎，似乎連一句反駁都擠不出來。

「然而你卻親手毀掉了許多的可能性。」龍崎說。「犯罪就是這麼回事。不只是接受法律制裁就完了，還有社會制裁在等著你。你必須做好心理準備。」

「社會制裁……？」

「也就是往後都要一直背負著這個過錯。出社會以後，你會在各個環節面臨競爭。每當碰到競爭，若是有犯罪前科，第一個就會被刷下來。你應該已經沒辦法通過國家公務員考試了。會在書面審查的階段就被刷下來。一般企業也是。」

邦彥的臉色蒼白了些。事到如今才對將來不安了起來。

「也有些公司不計較這些的……」邦彥的反駁顯得虛弱。

「也許有，但選項會變得很少。」

「那……我可以打工一輩子。」
「你說當現在流行的打工族？社會保險怎麼辦？年金怎麼辦？」
「那無所謂。」
「怎麼會無所謂？人無法保證能健康一輩子。你打算到了四、五十歲還繼續打工過活嗎？」
邦彥又垂下頭去了。他拚命地在思考。他應該完全理解龍崎的苦口婆心。他只是不甘願就這樣乖乖地同意。
「我大概了解狀況了。你沒有撒謊吧？」
「沒有啦。」邦彥垂著頭回答。
龍崎點點頭，準備離開房間。
「我會怎麼樣？」邦彥問。
「不知道。」
「怎麼可能不知道？爸不是警察嗎？」
「我還在想該怎麼做才好。」

「我還得在這裡關上多久？」

「暫時還不能離開。」

邦彥還想說什麼，但龍崎搶先離開，關上了門。

有一種和愚笨的部下交談之後的煩躁感。龍崎很驚訝自己居然會有這種感受。

跟兒子說話是這樣的嗎？他試圖回想邦彥還小的時候，兩人是怎麼對話的。幾乎毫無印象。

也許邦彥自己有將來想做的事。他是不是應該問問兒子這方面的意願？龍崎自問。

不，現在再問這些也沒用。進東大實在不可能對將來的志願有害。當然龍崎也明白，進東大本身並不是一件多有意義的事。

但既然要進大學，就應該以東大為目標。日本最高學府不是浪得虛名，教授全是一流的，資料和研究設備也豐富充實。由於企業到現在仍非常歡迎東大畢業生，也有助於建立人脈。

如果邦彥想要當音樂家，那別的選擇也是可行的。如果要學音樂，就應該以藝大為目標。即使想從事的不是古典樂，應該也大有助益。

但邦彥不可能對音樂感興趣。龍崎從來沒聽過邦彥的房間傳來音樂聲，也沒看過他玩樂器。

簡而言之，不管做什麼，都應該以頂尖為目標。未戰先降實在太荒唐了。

東大畢竟也是人所建立的。同樣是人，沒有進不去的道理。

龍崎在臥室更衣後前往客廳，冴子從廚房探出頭問：「邦彥怎麼樣？」

「嗯。」龍崎若無其事地應道。「不必擔心。」

「東大會不會還是太勉強了？那孩子不像你，比較像我……」

「你成績不好嗎？」

「咦，還不錯啊。不過沒有人比得過你。沒人能跟你一樣厲害。」

「胡說。學校的成績，有幾分努力就有幾分收獲。成績不好不是因為笨，只是不念書罷了。」

「是嗎？」

「難道不是嗎？你聽著，比方說，能成為職業運動選手的人少之又少。要是沒有運動細胞、體格不好，首先就不必考慮了。音樂的世界也是如此，音樂天賦光憑努力是無法超越的。但學校的成績是只要有付出，就能有回報。」

「我覺得有些人天生就是念書的料呀……？與其說是才能，不如說是個性吧。還有是不是遇到好老師……聽說最近國中小學的教師水準愈來愈差了。」

「我不懂。我認為書是愈讀愈擅長的，我自己也只是一直身體力行而已。我完全沒想過為什麼有些人成績就是不好。」

「你真的沒有朋友對吧？」

「我是沒有朋友，這怎麼了嗎？」

冴子露出奉陪不下去的表情，掉頭回廚房了。

非思考不可的問題太多了。腦袋仍一片混亂。

官員公務繁忙，搞不定工作的人，會漸漸被逼到絕境。國家公務員的自殺率高得異常。

只有確實為工作排出優先順位的人才能存活下來。龍崎對這一點有自信。但果然是因為失去冷靜的關係嗎？該從哪個問題做出結論，他竟毫無頭緒。有哪個問題可以先處理掉嗎……？

首先是連續殺人案。這不是他直接負責的，交給伊丹就行了。伊丹說蒙上嫌疑的現職警察目前還不是嫌犯，正式來說只是關係人。

雖然不知道往後會如何發展，但這是伊丹該煩惱的事。現職警察一旦被列為嫌犯，媒體就會開始大肆報導，警察廳將為了應對而疲於奔命。

在那之前應該還有一點時間準備。

那麼應該先考慮邦彥的問題。為了盡量減輕罪狀，還是只有自首一途。只要在犯罪曝光之前投案，就構成法律上的自首。

電視劇等經常出現警方展開命案偵查，鎖定兇嫌之後，兇嫌才跑去自首的劇情，但那在法律上不叫做自首。自首必須是犯罪事實曝光、或嫌犯被查到之前主動出面。自首是獲得減刑的重要因素。

「搓掉。」伊丹的聲音唐突地在耳底響起。

在這之前，那只不過是選項之一——一個不太可能會被選擇的選項。但現在狀況有些不同了。龍崎開始猶豫了。那個建議不是別人提的，而是出自警視廳刑事部長之口。

確實就像伊丹說的，沒有人希望邦彥被問罪。龍崎如此，家人也是如此。警察廳不想要醜聞，伊丹也是那種口氣。

感覺只要龍崎把這件事掩蓋下來，一切都能圓滿解決。邦彥可以如常生活，搞不好還可以考上東大。

和邦彥談過以後，掩蓋罪行的選項忽然變得真實起來。畢竟龍崎也並非不念父子之情。

龍崎告誡自己，必須冷靜分析。

感情用事是龍崎最想要避免的。他最重視理性與正確的判斷。

他正想整理思緒，美紀進來了。

龍崎毫無來由地有些慌了。也許是前些日子的談話結束得太糟糕，令他心有餘悸。

「咦，爸，你回來了？」

然而女兒卻好像根本忘了前些日子的事。

「嗯，你剛回來？」

「嗯，去求職面試……」

這麼說來，美紀穿著窄裙黑套裝。最近的求職套裝似乎流行黑色，而不是深藍色。

「要出去工作嗎？」

「那當然啦。好不容易都念到大學畢業了……」

「不是大學一畢業就要結婚嗎？」

「我不是說還沒有決定嗎？」

「還沒有決定，表示正在考慮吧？」

「還沒決定就是還沒決定啦！」

冴子說美紀在猶豫，但能猶豫也只有現在了。等到邦彥被捕，三村那邊應該會主動拒絕這門婚事。

對警察官員來說，醜聞是致命的，是最必須避免的。

「你們會見面吃飯吧？」

其實龍崎想要確定他們的交往進展到什麼地步，但實在不好直接問出口。

「最近很少碰面了。我忙著求職，而且也還在打工……三村工作好像也很忙……」

這樣啊，原來三村忠典已經出社會了……

他比美紀大，應該早已大學畢業。自己連這都不知道，也不曾想要了解。

「忠典在哪裡任職？」

「咦，爸不知道唷？」

美紀說了一家一流貿易公司的名字。

原來不是國家公務員。他覺得三村祿郎應該不會在乎這一點。他們家曾經住過國外，也許很適合在貿易公司工作。

「在貿易公司上班的話，有可能會外派到國外呢。」

「他說有可能最近就被外調。」

龍崎恍然大悟，或許這也是令美紀猶豫的原因之一。結婚可以，但她一定難以決心立刻就搬到國外生活。

如果馬上就要出國，求職也是浪費時間。

美紀也正為了困難的選擇在煩惱。而她的煩惱可能很快就會有結論了。到時候美紀會是什麼心情？

人容易執著於失去的事物。如果美紀主動結束與三村忠典的關係，也容易從情傷中恢復過來。但如果是因為弟弟的關係而失去，會留下不甘，也會怨恨邦彥吧。

「我去換衣服。」

美紀離開客廳了。

想想邦彥，再想想美紀。結果伊丹那句話又掠過腦際。

廚房傳來炊煮的香氣。到了這個年紀，就漸漸懶得在外頭吃飯了。

年輕的時候，他從來沒有想過要在家吃飯。有那麼一天，他會把家人看得比什麼都重要嗎？

那應該也是退休以後的事了吧。不過，也許到時候一切都太遲了。或者他會更快就失去職位。

失去職位的時間，應該是由他如何處置邦彥來決定。

即使保住飯碗，或許也會調到條件大不如前的職位。可能會從辛苦爬上來的階梯滑落好幾階。

我承受得住嗎……？

龍崎咬緊牙關。

12

大森署成立搜查本部後第十天。星期三。

廳內莫名地殺氣騰騰。部下似乎也注意到了。龍崎佯裝漠不關心，繼續處理例行業務。

內線響了。他估計差不多是谷岡打聽到消息並通知他的時候了，結果真的是谷岡打來的。

「怎麼了？」

龍崎一如既往，單刀直入地問。

「現職警察被搜查本部拘捕了。」

龍崎假裝驚訝：「什麼？怎麼回事？」

「詳細情況還不清楚，但消息來源說，該警察是以關係人身分同意配合問案。」

「消息來源？什麼叫消息來源，說清楚。」

「是跑警察線的記者。」

「刑事局已經知道了嗎？」

「正忙著確認相關事實。」

廳內氣氛緊繃就是這個緣故。搜查本部終於動手抓人了。

「是哪個搜查本部拘留的？」

「大森署的搜查本部。」

抓到小的那邊去。畢竟大的搜查本部，媒體的關注度還是比較高。

看來事有蹊蹺，龍崎心想。

伊丹正在打某些算盤。伊丹向來自詡為聰明人，他不可能毫無準備，就動手拘捕現職警察。龍崎認為他一定立刻就會有別的行動。

「一有進展立刻聯絡我。」

龍崎說，掛了電話。

他想去看看刑事局的情況。這件事確實沒有總務課出面的份，但反過來看，警察廳內的一切事務，都是總務課的工作。

長官官房有首席監察官，警察的醜聞由監察官處理，而相關事務和聯絡業務都會送到總務課來。

龍崎正要離席，電話又響了。以為是谷岡，沒想到接起來是牛島參事官。參事官叫他立刻過去。心情顯然很糟。

龍崎報到的時候，牛島參事官正在和別人講電話。用吼的在講。對方應該是刑事局的阿久根局長。

彼此都是鹿兒島人，講著講著，話裡便摻雜了鹿兒島方言。

掛斷電話後，牛島參事官用瞪的看龍崎。

「這下麻煩了。」

龍崎點點頭說：「聽說現職警察被大森署的搜查本部拘留了。」

「完全搞不懂是怎麼回事。警視廳沒有把消息報告上來，刑事局說也是晴天霹靂。伊丹那傢伙到底在搞什麼鬼？」

「這個問題就算問我……」

「你們是兒時玩伴吧？沒聽他說什麼嗎？」

這時候必須小心應對。

「我是官房的總務課人員，並未直接參與偵查業務。」

「現職警察變成嫌犯，總務課也不能繼續在一旁納涼了。問題會波及到長官官房來。」

「是啊。」

「傳到長官耳中，整個官房就要掀過來了。」

「長官還不知道嗎？」

「還擋在官房長那裡。是我擋下來的。必須釐清更多詳情才能上報。」

「我想先通知一下比較好。詳細內容再陸續報告上去……」

牛島參事官用那雙大眼瞪龍崎：

「誰要去給貓繫鈴鐺？不管是什麼狀況，長官肯定都要大發雷霆。」

「向長官報告，是官房長的職務吧？」

「官房長要是挨削，接下來就是我等著被官房長削了。」

「只是挨罵罷了，不算什麼吧？反應過慢才是應該擔心的。報告愈早愈好。應該先通知上去才是。」

「真羨慕你能那樣處變不驚。」

龍崎覺得這是誤會。

他只是在問題發生時，拚命思考第一個該做什麼、可以做什麼而已。

無能的上司碰到問題時，總喜歡追究誰該負責。而有能力的上司，會指示如何應對，或徵詢部下有什麼主意。

牛島現在應該正不知如何是好。他想把問題推給別人。要是被歸咎到龍崎身上就糟了，所以他才會提議現在能做到的最好的方法。

平常牛島絕不是個無能的上司，但現在他亂了分寸。應該是跟刑事局的阿久根激烈地對罵，還在氣頭上吧。

阿久根一定嚇死了。有警察鬧出醜聞，而且是殺人命案。

「阿久根說，一開始的兩起命案和大森署的命案不是同一個兇手，真的嗎？」

「為什麼問我呢？刑事局局長的消息應該更正確才對……」

牛島皺起眉頭。

「那傢伙能收到什麼像話的訊息？你以為那裡的對外窗口是誰？」

「當然是第一課的坂上課長。」

「你也知道坂上是什麼德行吧？那傢伙根本不明白警察是怎樣的組織。這一點，你的兒時玩伴伊丹就不一樣了。他非常了解現場。」

沒想到牛島對伊丹這麼賞識。似乎是被伊丹的表面工夫給騙了。而坂上的評價意外地低，也令人驚訝。

坂上頗為精明，是公家機關歡迎的類型。但確實就像牛島說的，做為警察官員，坂上或許有些不夠牢靠。

「在這起事件把我排擠在外的不是別人，就是坂上課長。我不可能收到任何訊息。」

「你是會乖乖受擺布的貨色嗎？你應該從伊丹那裡聽到什麼了吧？」

也許是出於對阿久根的競爭心態，牛島顯然不甘落後刑事局。龍崎認為這時候與其裝傻到底，賣他人情才是上策。

「我認為搜查本部會分成兩邊，是為了分散媒體的攻勢。」

「換句話說，三起命案是連續殺人？」

「很有可能。當然，也有可能是不同人下的手……」

「認為是連續殺人的根據是什麼？」

「作案日期。」

「什麼意思？」

龍崎說明，三起命案吻合每隔三天的周期。提出這一點就夠了。牛島聞言臉色大變。

「警察的值班周期是吧……」

「是的。只有兩起，或許不會發現，但到了第三起，就看得出規則性了。」

「你是什麼時候知道的？」

「上星期。應該是大森署命案發生的隔天……」

「為什麼不立刻通知我？」

「通知參事官？通知什麼？三起命案的日期有規則性嗎？」

被這麼反問，牛島尷尬地垂視了一下。

「唔，那種事是不必一一報告給我啦……這是搜查本部的工作嘛……」

「是的。我也是這麼判斷。」

「伊丹當然也知道這件事吧？」

「不知道，我沒有問過，但調查員不可能沒有發現。」

龍崎刻意隱瞞發現命案日期的規則性後，他立刻聯絡了伊丹。沒問的事，沒必要說出來。

「那，伊丹把這三起命案視為連續殺人是吧？然而卻沒有把搜查本部統合在一起……」

「就像我剛才說的，目的應該是分散媒體的焦點。」

「然後把有嫌疑的現職警察抓到小的搜查本部……」

「該名警察不是嫌犯，據說是列為關係人，請他配合前往。」

「混帳，你以為這招唬得了媒體多久？伊丹那傢伙在想什麼？」

「這我就不清楚了。參事官直接問他如何？」

「嗯，也只能這麼做了。總之，手上資訊最詳盡的就是伊丹吧。」

「官員裡面是這樣，但實際上最了解狀況的應該是搜查本部的主任。現場或許也有些資訊沒有報告給刑事部長……」

牛島的眼睛警醒地發亮。

「刑事局那些人接到的是伊丹的報告，但接到的是經過過濾的內容……

而刑事局內部，坂上報告給阿久根的時候，有可能也剔除了一些訊息……」

「是的。很有可能上頭接到的全是好聽的內容。」

「你能拿到現場的資訊嗎？」

意想不到的問題。

「總務課嗎？過去沒有這樣的前例……」

「總務課是萬事全包吧？」

「因為是萬事全包，所以每個課員總是忙得焦頭爛額。」

「事到如今，再多添一樣任務也不算什麼吧？總務課沒辦法的話，你去辦。你跟伊丹是兒時玩伴，你要善用這層關係。」

既然上司吩咐，也只能硬著頭皮上了。這就是官員。龍崎已經掌握了幾項牛島還不知道的訊息。緊急時刻，把這些報告給他就行了。

「我認為親自到搜查本部一趟是最好的，但警察廳的人露面，現場的人會擔心出了什麼事而起戒心，也會引起媒體的注意。」

「怎麼做都交給你。小心行事。既然刑事局的訊息不可靠，只能官房自己蒐集資訊了。」

龍崎認為與其這麼做，加強與刑事局之間的橫向連繫更有效率多了。

但現在討論那種事也沒用。

看來牛島很氣阿久根。不知道兩人之間出了什麼事，但龍崎猜得出大概。

阿久根八成是警告牛島，叫官房不要插手命案。而牛島反駁這不是一般命案，是現職警察行凶殺人，當然需要長官的裁示。

所以兩人才爭執起來。雙方都是來自鹿兒島的牛脾氣。

牛島八成打算在今天就會召開的幹部會議上，揭露一兩個阿久根不知道的事實。

「聽好了，這件事十萬火急，先放下其他工作。」牛島說。「拜託，我只有你能依靠了。」

「遵命。」龍崎只能這麼說。

他返回座位思考。

牛島說，怎麼做都交給自己，小心行事。

換句話說，是叫他隱密行動。這近乎不可能。龍崎以前當過公關室長，媒體都認得他。直闖搜查本部的做法有待商榷。

牛島還叫他善用與伊丹的關係。只因為他們小時候認識，大家似乎就認定他們是好哥們。沒有人知道龍崎到現在都還對受到霸凌的事懷恨在心，可能連伊丹都不知道。

然而卻要他偷偷摸摸地向伊丹打探消息，這本來是件教人難以忍受的事。但如果是工作，就另當別論。而這若是唯一的方法，更是如此。

龍崎總是認為，比起個人感情，更應該把合理性擺在第一優先。他打電話到伊丹的手機。

馬上就轉到語音信箱了。

明知道沒用，但龍崎還是留言叫他回電。

打到警視廳，確定他人在哪裡。

對方說伊丹在綾瀨署的搜查本部。把嫌犯拘留在大森署，自己守在綾瀨署，這也是對媒體的障眼法嗎？

真苟且的做法。這種手法不可能撐得了多久。

伊丹到底在想什麼？

他試著打到綾瀨署的搜查本部。

「喂，搜查本部……」不悅的聲音回應。

「我是警察廳總務課的龍崎。伊丹部長在那裡嗎？」

突然對方語氣立刻變了。

「不，部長今天沒有來……」

「警視廳說他在那邊……」

「他沒有來。」

「這樣。打擾了。」

龍崎掛了電話。

耍這種花招……

他離席前往警視廳。

這條路他走過好幾次了，但不知為何，今天感覺景色不同。是因為季節變了嗎？不，似乎不是。不好的事情就要發生了。龍崎有種預感——不祥的預感。

他目不斜視地前往刑事部長辦公室。不出所料，伊丹在那裡。

「居然跟我裝不在，你是走投無路了嗎？」

伊丹憂鬱地抬頭看龍崎，眼中布滿了血絲，顯然已經好幾天沒好好睡過了。

「我不管去到哪裡，都會被團團包圍，根本沒辦法靜下心來思考。我需要一點獨處的時間。」

伊丹看起來疲憊不堪。

彷彿隨時都會崩潰。然而眼光卻莫名地炯炯有神。

「比起思考，你看起來更需要睡眠。」

「睡眠不是現在最重要的。」

「人缺少足夠的睡眠，便無法做出正常的判斷。錯誤的判斷是會要了性命的。」

「我已經岌岌可危了。弄個不好，真的要丟飯碗了。」

這就是伊丹的弱點。平日表現得瀟灑自若，但也許精神意外地脆弱。

「大森署拘留的警察，就是真兇嗎？」

「現在什麼都還不能說。他目前的身分是關係人。」

「喂……」龍崎說。「幹嘛提防成那樣？現在跟你說話的不是媒體，也不是刑事局，是你的兒時玩伴。」

龍崎有自覺，他正在自私地利用這個身分。但他非做不可。

伊丹盯了龍崎好半晌。眼中有著複雜的神色。他在猶豫。

伊丹好像無法確定龍崎是敵是友。他現在無法相信任何人吧。換句話說，他正準備做什麼。也許他還不想讓龍崎知道他的計畫。

半晌後，伊丹說了：「這是非官方發言，懂嗎？」

龍崎點點頭。

「我知道。」

「他就是真兇。」

「三起都是現職警察犯下的？」

「還無法證明。但應該不會錯。」

「為什麼抓到大森署去？」

丹伊露出愣住的表情。

「這重要嗎？」

「你當我傻子嗎？三起連續殺人案，兩起都由綾瀨署的搜查本部負責，你卻把那個警察交給只處理一起案子的大森署。」

「喂，不要瞎猜。關係人以前在大森署待過，所以……」

「你讓同署的人偵訊他？既然關係人以前待過大森署，不是更應該把他交給別的署嗎？就算被外界指責這是包庇，也無從辯解啊。」

「我們本來打算私下偵訊。我說過很多次了，還沒有確證他就是真兇。我到現在都還希望是哪裡弄錯了。」

「但弄錯的可能性微乎其微。」

「對，我知道。但我還是忍不住要祈禱。」

「祈禱不是官員該做的事。」

「不是每個人都像你那樣意志堅定。」

「你錯了，我只是重視原則。我要自己不去想多餘的事，這樣罷了。」

「一般人很難做到。」

「我不是來爭論這個的。如果只是把大森署的署員叫去偵訊室，就像你說的，應該可以暗中帶人，但跑警察線的記者卻發現了。怎麼會搞成這樣？」

「是現場搞砸了。每個地方都有血氣過盛的傻瓜。昨天那個現職警察休假，當然，搜查本部的調查員盯著他。入夜以後他想出門，結果調查員就動手抓人了。」

「想出門……？」

「對。他好像是要出門買菸。完全是現場魯莽誤事。」

「搜查本部的用意沒有傳達給調查員嗎？」

「會議上都說了，我們認為主旨都徹底傳下去了，但現場一定就是有人會壞事。有人不把會議當回事，根本不認真聽進去。真是，教人受不了。」

確實，現場一定會有瞧不起事務官的老鳥調查員，或是無法充分理解會議的重要性、只想在外面跑的調查員。

腳踏實地的偵辦很重要。從古至今，刑警都是靠腳辦案的。但如果不能讓每個調查員認清楚偵辦方針，將招致重大的失敗。

「因為只是配合前往警署，應該不會占報導多大的篇幅，但各家媒體應該已經臆測滿天飛了。」

「我在記者會上提醒過媒體了。說只是為了釐清過去的案子，詢問過去負責人的意見。」

「這種說法能搪塞到幾時……」

「你那邊也施點壓力吧。」

「那我需要正確的資訊。必須撒點餌好塞住記者的嘴。我需要知道可以透露到什麼程度。」

「現在我只能跟你說這些。」

「現在是講那種話的時候嗎？警察廳已經出現應該由長官官房出面處理的聲浪了。要是長官出面，你不願意也得全部說出來。最好在那之前先報告上去。」

「再給我一點時間吧。」

伊丹到底在策畫什麼？

「警務部的動向呢？」

「還在調查該名警察的職歷。監察要再更晚一點才會正式行動。」

監察出面，意味著正式開始調查警察的犯罪行為。

龍崎正在想還有什麼必須問清楚的問題，這時傳來敲門聲，池谷管理官進來了。池谷管理官看到龍崎，露出驚慌的樣子。

「什麼事？」伊丹催問。

「抱歉。」

池谷管理官走近伊丹，附耳對他說了什麼。伊丹的雙眼緊緊地閉上了。

「我知道了。」

伊丹說，於是管理官匆匆離開了。

「出了什麼事？」龍崎問。

伊丹站了起來。

「不好意思，我得過去大森署。」

伊丹就要經過龍崎前面，龍崎抓住他的西裝肩膀。

「出了什麼事？」

伊丹以布滿血絲的眼睛盯著龍崎，龍崎也回看伊丹。沉默持續良久。

然後伊丹開口。

「那傢伙全招了。」

13

龍崎火急回到警察廳。總務課的課員見到他那模樣都大吃一驚。龍崎立刻從自己的座位打電線聯絡牛島參事官。

「我有事緊急報告。」

「噢，我正在跟首席監察官說話。」

應該也通知首席監察官嗎？

伊丹應該還不想讓監察官知道。他正要徒手堵住即將決堤的水壩。龍崎認為這個節骨眼，警察廳內部不該再彼此隱瞞訊息。

「我立刻過去。」

「等一下，是什麼事？」

「據說那名警察自白了。」

電話另一頭的牛島參事官啞然失聲。片刻之後，他壓低聲音說：「五分鐘後再過來。」

「我想應該也讓首席監察官知道……」

「等五分鐘，聽到了嗎？」

電話掛斷了。

伊丹要他別說出去，但狀況已經改變了。說起來，伊丹想要隱瞞資訊，暗中操作的做法根本就錯了。應該全盤托出，共同處理才對。

龍崎叫來公關室的谷岡。谷岡立刻到龍崎的辦公室來。

「怎麼了嗎？」

「被帶到大森署問話的警察自白了。」

谷岡難掩震驚。

「我本來還希望是哪裡弄錯了……」

「那是一般人說的話。我們是高級警察幹部，必須全力克服這場危機。」

「是的。」谷岡的表情逐漸恢復生氣。「這個消息現在是怎麼處理？」

「警視廳那裡，現在應該擋在伊丹那裡。警察廳大概只有我知道。我現在要去向參事官報告，到時候再決定怎麼處理。」

「是重大機密呢……」

「我認為應該盡快通告全體，共同應變。嫌疑人既然已經自白，距離逮捕就不遠了。一旦逮捕，就無法繼續瞞住媒體了。」

「要是警察廳每個人都像課長這樣想就好了……」

「什麼意思？」

「祕密主義是警察的傳統。每個縣警、本部都有祕密，而各個部門也都有自己的祕密。」

龍崎看看手表。快超過說好的五分鐘了。

「總之我去一趟參事官那裡。傍晚時分的電視、廣播新聞還有晚報，要滴水不漏地監控。」

「遵命。」

龍崎前往參事官辦公室。

首席監察官已經離開了。

「說吧。」牛島說。

「首席監察官呢？」

「找理由把他打發回去了。」

「為什麼……？」

「我想先聽你報告。要是監察搶先行動，就無從設法了。」

這個說法忽然令龍崎不安起來。牛島還想策畫些什麼嗎？就像伊丹那樣，都到了這步田地，還想要矇混過關嗎？

但這樣的疑問不能說出口。沒時間進行多餘的爭辯。

「以關係人身分在大森署接受偵訊的現職警察，已經全面自白了。」

「為什麼伊丹會把人送到大森署偵訊？」

「該名現職警察曾是大森署署員。當初伊丹計畫要私下偵訊，但現場發生一些差錯，導致消息走漏給跑警察線的記者。」

「現場發生差錯……？」

「盯梢的調查員一時魯莽，在該名警察休假的時候把他抓住了。」

「真是，轄區到底在想什麼？」

那一瞬間，調查員一定什麼都沒在想，而是條件反射式地把人給抓起來了。在前往警察署的路上，他們肯定漸漸察覺自己犯下的過失。警察署有記者張大眼睛在盯著。但為時已晚了。人都抓了，不可能說放就放。

「刑事局知道嗎……？」

「我想應該還沒有報告上來。警視廳的刑事部長一接到通知，立刻就趕往大森署了。」

「不要拐彎抹角，叫伊丹就好了。那伊丹接下來打算怎麼做？」

「我不知道。」

「你說他去大森署了？」

「對。」

「笨蛋……刑事部長趕過去，記者一定會蜂擁而上，想知道出了什麼事。」

「這部分他應該會妥善處理。伊丹也不是傻子。」

希望真是如此，龍崎心想。

感覺伊丹似乎失去了冷靜，一點都不像開朗樂天的他。沒想到他居然如此不堪一擊。

牛島參事官說：「依照一般程序，抓到人，宣布逮捕，然後移送檢方……這麼一來，不管做什麼都逃不過媒體的耳目了。」

「我認為已經遲了。」

參事官盯了龍崎一會兒。

那眼神令人介意。因為感覺極為狡詐。

牛島說：「你放棄得也太快了吧？這樣是沒辦法成為一個好官員的。」

這話也極不中聽。

「我認為最好的做法是盡快召開記者會，避免媒體任意揣臆測報導。只要盡快釐清相關事實，媒體對警方的印象應該也不至於太糟。」

「喂，這可是現職警察犯下連續殺人案哪！你想得太天真了。」

「太天真……？」

「沒錯，不管以什麼形式發表，媒體都會像如獲至寶，瘋狂報導。警方的信用會一敗塗地。」

「我很清楚這樣的發展……」

「所以絕不能容許演變成這樣。」

「但事情都已經發生了……」

「所以才說你放棄得太快。」

「參事官打算做什麼？」

「現在才要決定。總之也得跟其他幹部商討。警察廳裡知道大森署員自白的有誰？」

「我和參事官，還有公關室的谷岡。」

「你吩咐過谷岡要保密吧？」

「當然，這是最高機密。」

「好。在我下令以前，不許告訴任何人。」

「我認為應該通知長官……」

牛島瞪大眼睛。

「這由我決定，聽到了嗎？在我下指令以前，什麼都別做。」

「我知道了。」

龍崎只能這麼回答。牛島說「辛苦了」。這意味著談完了。龍崎行了個禮告退。

什麼都不要做的指示，看似輕鬆，實非如此。

如果真的什麼都不做，到時候指令下來，會無從應對。必須做好該做的準備。

不知道會有什麼指示。但可以考慮各種可能性，未雨綢繆。

現在龍崎應該做的，是多方蒐集盡可能正確的資訊。因為刑事局不可能把資訊跟總務課分享。

叫公關室行動也很危險。公關室可以說與媒體息息相通。而且現階段知道現職警察全面自白的事實的，公關室裡只有谷岡一個人。

從保密的觀點來看，知道事實的人愈少愈好。

那麼，只能由我去盯著伊丹了嗎……？

如果能夠，他不想去搜查本部。長官官房總務課的人黏在現場的警視廳刑事部長身旁，任誰來看都太不自然了。

但唯獨龍崎和伊丹，有特殊的理由不會顯得那麼不自然。只要向周圍強調是兒時玩伴在交換資訊，應該不會引起太大的疑竇。

換句話說，這個角色只有龍崎辦得到。他瞥了一眼桌上堆積如山的文件。

真沒辦法……

龍崎內心嘀咕著，準備外出。

14

大森署比想像中的還要安靜。

感覺進出的記者也在靜觀其變。

龍崎叫住剛好路過、疑似刑警的便衣警察，詢問搜查本部的位置。

「我哪知道？」便衣警察臭著臉說。「服務台在那邊，自己去問。」

那人駝背、粗脖子，手臂也很粗壯，體格相當結實，應該是大學柔道社出身的。龍崎不中意這名便衣刑警的態度。

「對一般民眾，你都是這種態度嗎？」

魁梧的便衣警察瞪住龍崎，猛地把臉湊上去。

「有意見嗎？有意見我就讓你說個夠——到偵訊室去說。我還可以讓你在這裡住上兩、三天。」

「意思是要逮捕我嗎？罪名是什麼？」
「我愛怎麼掰都行，全看大爺爽不爽。」
「這話令人難以置信。」
「不相信？那我就讓你信。警察不是你可以隨便頂撞的。」
伊丹就是為了這樣的警察而奔波、陷入絕境嗎？想到這裡，龍崎不禁火大起來。「證件拿出來。」
「小子，你說什麼……？」
「叫你把警察手冊拿出來。」
便衣警察似乎總算察覺苗頭不太對了。一般民眾被警察這樣威脅，不可能還能像這樣從容不迫。
一般民眾光是被警察叫住，就會緊張害怕。所以第一線警察才會愈來愈乖張。
「你是誰……？律師嗎？」
龍崎厭煩地亮出證件。對方一把搶過去，細細端詳。

那張臉一眨眼變得蒼白。

便衣警察雙手奉還龍崎的證件，當場立正不動。

「我沒叫你立正，只叫你拿出證件。」

「請高抬貴手。既然是警察廳的警視長大人，何不一開始就講明呢？」

「你的意思是，如果知道我是警察廳的人，你的態度就會不同？」

「那當然了。」

「那更不可原諒了。表示你對弱者盛氣凌人，對長官卑躬屈膝，對吧？」

「我只是剛好心情不好。真的很抱歉，我向長官賠不是。」

便衣警察低頭行禮。

「如果道歉就沒事，就不需要警察了。這應該也是你最喜歡的一句話吧？快，證件拿出來。」

便衣警察懇求地看著龍崎，但發現龍崎還是不為所動，便不甘情不願地掏出附警徽的警察手冊。

戶高善信，三十八歲，巡查部長。看看職歷欄，現在是大森署刑事課人員。刑事課的人不可能不知道搜查本部在哪裡。

龍崎歸還手冊說：「今後你要是態度不改，我會向監察報告。」

戶高一副嘔氣的樣子，什麼都沒說。他把手冊收進內袋，凶狠地掃視周圍。周圍不只有大森署警員，還有一般民眾。

龍崎說：「你是刑警，應該知道搜查本部在哪裡。帶我過去。」

戶高默默地跨開腳步，龍崎跟上去。

搜查本部被分配在大會議室。裡面並排著桌子，有電話和筆電。房間前面聚集著報社記者。一名上了年紀的記者看到龍崎，向他打了招呼。

「總務課課長，警察廳終於要出馬了嗎？」

是認識的記者。

龍崎回答：「我是來戰地探望我的兒時好友的。」

「啊……」記者似乎想了起來。「您跟伊丹部長是……」

他應該也知道伊丹和龍崎從小認識。

龍崎不理其他記者，進入搜查本部辦公室。他向帶路的戶高道謝。

必須以身作則才行。

「不客氣。」戶高說。然後小小聲地嘀咕：「哼，這些高幹……」

警察應該也不全是這樣的。

龍崎這麼告訴自己。也有警察認真苦幹，滿腔正義感。若不這麼相信，實在是幹不下去。

伊丹在幹部席，一臉凝重地和其他幹部討論。

他發現龍崎問：「你來做什麼？」

龍崎回答：「來戰地探望兒時好友。」

周圍的幹部和調查員同時站了起來。應該是從龍崎對伊丹的口氣看出了他的地位。

「請繼續。」龍崎對他們說。「我不是來打擾辦案的。」

伊丹站起來，把龍崎帶到搜查本部的角落。這裡別人聽不到談話。

兩人站著談。伊丹小聲說：「什麼戰地探望？」

「是真的。我想順便親眼看看詳細狀況。往後怎麼打算？」

「既然都自白了，也不能不送交檢方。」

「接下來呢……？」

「進行羈押手續，詳細調查吧。還沒有找到任何物證。」

「他招出凶器了嗎？」

「他說手槍丟進荒川了。應該得進行打撈吧……大森署轄內的命案，他說凶器是金屬球棒，丟在犯罪現場附近的倉庫垃圾場。我們前去調查，但已經被業者收走了。現在正在詢問業者。」

「如果在他說的地點找到手槍，嫌疑就確定了吧？」

伊丹一臉疲憊地說：「他的供述內容完全符合相關事實。已經沒有懷疑的餘地了。」

「那麼就只能依照法律，進行程序。沒有別的選擇了。」

「沒有別的選擇……？」伊丹的表情像在承受著痛苦。「確實像是你會說的話。」

這話讓龍崎吃驚。

「不管怎麼想，不都是這樣嗎？」

伊丹目不轉睛地看著龍崎。

「喂，邦彥的事怎麼樣了？」

龍崎頓時憂鬱起來。他並沒有忘記，只是暫時保留不去想。

「還沒有進展。我要邦彥在家反省。」

「在家反省，這樣不就好了嗎？」

「不能這樣就算了。」

「喂，你沒收的海洛因呢？」

「放在我房間。」

伊丹輕嘆一口氣說：「你現在是持有毒品，完全觸犯了毒品防治法。」

龍崎蹙起眉頭。

確實如此。法律不僅禁止吸食和買賣，也禁止持有和任意廢棄毒品。

伊丹說：「也就是，嚴密地說，你也是犯罪者。」

「是呢……」

「所以我才叫你忘記這件事。因為沒有人會開心。警察廳的課長兒子被逮捕，對舉報的轄區來說也是無妄之災。」

「現在不是——」

龍崎本來要說「現在不是說那個的時候」，赫然驚覺一件事。

伊丹是不是在考慮對我說的那種做法？也就是要把這件事掩蓋下來。這是絕不能容許的事。而且不管怎麼想都不可能做到。

「不行。」龍崎說。「這絕對不行。」

伊丹無力地微笑。

「我什麼都還沒說啊。」

「就算你不說，我也知道你在想什麼。」

「也許是你想太多。」伊丹雙手揉著太陽穴。「現在我不能再透露更多了。」

「我可以暫時待在這裡嗎？」

瞬間，伊丹露出抗議的表情。但最後他還是說：「隨你便。」

伊丹回去幹部席了。

搜查本部無論何時何地，氛圍大半都相去不遠。充滿了汗水和菸味。不知不覺間，會變得像體育社團的社辦一樣。

龍崎絕不討厭這樣的氛圍，只是他認為已經無緣再加入了。只有年輕的「見習」時代，才會前往全國的警察署。

下一次異動，自己應該會被調到警視廳或縣警本部。

但如果邦彥的事曝光，也有可能狠狠地遭到降級。因為已經爬到警視長的階級，應該是不會再被調到轄區，但難保完全沒這個危險。龍崎感到毛骨悚然。

四處奔波，有時在火災現場搞得渾身煤灰，或是檢查屍體的排泄物，打撈臭水溝，累得像條狗似地追捕兇嫌，這就是刑警。他報考國家公務員甲種考試，可不是為了想做這種工作。

而且，現場應該有很多像剛才的戶高那樣的警察。放棄升遷，在現場欺凌部下和學弟，對一般民眾施壓，是只能在這種行徑中得到喜悅的一群人。

這種人大部分都把高級事務官當成眼中釘。萬一龍崎因為降級而必須跟這種人共事，那該有多淒慘？

連想都不願意去想。

調查員都出去了，搜查本部目前一片閒散。到了調查員回來的收工時間，應該會更熱鬧許多。

龍崎決定定下心來，全力處理這件事。只要待在這裡，就能掌握第一手資訊。伊丹應該不樂見，但對於警察廳的長官官房來說，這是必要的。不過總務課課長親自蒐集資訊，是史無前例。他在附近的摺疊椅坐下，瞬間手機響了。是公關室的谷岡打來的。

「怎麼了？」

「有兩件事報告。牛島參事官請您聯絡。還有，《東日》的福本部長來電。」

「好。」

「搜查本部情況怎麼樣？」

「目前媒體看起來很平靜。你那邊呢？」

「安靜到詭異。」

原來如此，這就是所謂暴風雨前的寧靜嗎？

「如果有什麼事再聯絡我。我暫時會在這裡。」

「好的。」

龍崎掛了電話，立刻打給牛島參事官。

「你在哪裡？」

牛島參事官壓低了聲音說。也許附近有人。

「我在大森署的搜查本部。」

「不必蒐集資訊了。」

明明是牛島叫他到現場到處打聽的。指令反覆無常。

「我想多看看兒時好友奮鬥的模樣。」

「你一分鐘後再打來。」

果然是身邊有人。意思是叫龍崎等他把人打發走再談。

龍崎聽從牛島的吩咐，盯著手表秒針，在一分鐘整之後重打過去。

「我等一下要和刑事局局長、官房長和首席監察官討論。為了不讓刑事局掌握主導權，我需要別人沒有的資訊。知道什麼了嗎？」

牛島問，於是龍崎說出伊丹透露的凶器的事。

「換句話說，兩邊的凶器都還沒找到？」

「是的。」

「其他呢……？」

「目前只有這樣。偵查會議之後，或許會有什麼新消息……」

「唔，沒辦法。如果有什麼重大消息，立刻通知我。」

「好。」

電話掛了。連官房長都加入討論，意味著將由長官官房全體來處理這件事。牛島說不能讓刑事局掌握主導權，確實不錯，但龍崎認為這是落伍的官僚思維。

以上下關係來思考，將既得權力視為最重要，這樣不可能產生靈活的應對方案。

既然首席監察官也參與談話，表示將開始徹底追查自白的警察。

首席監察官負責監督警察的犯罪和風紀。在縣警的層級有警務部，首席監察官總管警務部的事務。

首席監察官應該會鞭策警視廳的警務部追查事件全貌，否則無法對媒體和國民交代。

搜查本部的幹部和聯絡調查員顯然非常在意龍崎，頻頻朝他投以觀察的視線。應該是覺得受到監視。或許伊丹也這麼感覺。

那麼最好讓他們這麼以為。這應該能讓調查員體認到這是驚動警察廳長官官房的重大事件。

待在警察廳的時候，時間一眨眼就過去了。但是像這樣無所事事，時間真的慢如牛步。

搜查本部沒人膽敢向龍崎攀談，所以他閒得發慌。他也萌生疑問，懷疑自己像這樣待在這裡，會不會是在浪費時間？

但龍崎打消這個念頭。蒐集來自現場的第一手資訊，是現在最為必要的。他告訴自己，這絕對不是白費工夫。

伊丹還是老樣子，一臉嚴肅地在跟幹部討論。

希望他別做出錯誤的決策……媒體已經知道有現職警察被抓了，事件是不可能壓下來的。

官方宣稱是以關係人身分請求配合偵查，但沒有記者會因為這樣就放鬆採訪攻勢。

《東日》的福本想要聯絡龍崎，應該也是為了打探消息。

雖然可以直接忽略，但這樣往後反倒麻煩。龍崎打到福本的手機。

「聽說你找我……？」

「前些日子受你關照了。」

「哪裡。」

「真是，要是每一個官員都像你那樣潔身自愛，日本就不會是現在這種鬼樣子了。」

「我並沒有特別潔身自愛，只是不喜歡講關係。」

「聽說有現職警察被帶去搜查本部了，怎麼回事？」

「是請他以關係人身分配合調查。警方正在一一詢問過去案件的相關人士。那名警察在街友命案時也參與過偵辦。」

「我聽說是在休假的時候被調查員帶走。怎麼會有調查員盯著他？」

「應該不是監視，調查員只是去找他問話吧。畢竟值勤時間沒什麼空。」

「第一線記者的印象似乎不是這樣……？」

「這我就不清楚了。」

「聽說伊丹部長駐守在搜查本部？」

「伊丹是現場主義者。」

「到底出了什麼事？」

「也沒什麼事啊。搜查本部只是在偵辦殺人案。」

「這次命案，輿論相當複雜。有不少人把兇手說得像正義使者。」

「不管有任何理由，殺人犯都不可能是正義使者。」

「你總是那樣，滿口漂亮話。」

「不是漂亮話，是講求原則。不論是怎樣的犯罪者，都必須依法制裁，絕不能用法律之外的手段去制裁。」

「也許那法律已經與社會現實脫節了。」

「修法是國會的職責。」

「修法曠日廢時，太費工夫。每次只要修法，就一定會有人跳出來抗議，說愈改愈糟。」

「這表示修法就是必須如此慎重。」

「我怎麼覺得你是在閃躲？」

「站在我的立場，有些事不能說。」

「意思是有什麼祕密？」

「那當然有很多祕密了。你也很清楚警察的祕密主義吧？」

「你這樣大方承認，叫我怎麼追問下去？喂，什麼都好，透露一點吧。非正式訊息就好。」

「我目前也只知道警視聽聲明的內容。」
「你人在搜查本部吧？」
是現場記者去通知的吧。報社記者果然不容小覷。
「我來探望伊丹。」
「你以為可以用那種說詞打發我？」
「這是事實啊，信不信由你。」
福本嘆了口氣。
龍崎心想這麼一來，福本暫時應該不會來煩人了。
想從我這裡探聽出什麼，簡直大錯特錯。打死我都不會說出不利於警方的事。
龍崎以為福本會死了心掛電話，沒想到他繼續說下去。
「那，讓我問幾個問題。」
「我可以回答的應該不多。」
「我聽說警方打算讓它變成懸案，是真的嗎？」

龍崎蹙起眉頭。瞬間他不明白對方說了什麼。

「這是哪門子玩笑？」

龍崎想要一笑置之，卻失敗了。因為福本的語氣太嚴肅了。

「你以為我會對警察廳的課長開這種玩笑？」

「要不是玩笑，我會懷疑你神智是否清醒。調查員那麼拚命在查案，你那種發言是污辱。」

「並不是沒有前例。」

「前例？」

「沒錯。國松前長官擊槍案。」

「那起案子還沒有偵破。」

「有現職警察承認是他幹的，警方卻動員整個組織隱瞞這個事實，設法推翻。」

「那是誤會。供詞的可信度很低。」

「那是官方的說詞，沒有人信那一套。公訴的時效是十五年，警方想要拖過這段時間。有人說警方這次又想如法炮製。」

「那是臆測。」

「如果是就好了……萬一被我發現你明知道什麼卻隱瞞不說，就恕我筆下無情了。」

「彼此都是職責在身，這也是沒辦法的事。」

「真是，你也太難應付了。我再打給你。」

電話掛斷了。

龍崎佯裝平靜，卻不由得意識到心臟正狂跳個不停。

想要讓它變成懸案……？

他覺得這只是荒謬的臆測，卻無法完全否定。當到報社社會部部長，在各個地方都有管道。警視廳和警察廳也不是團結一致，一定會有不滿分子，消息經常就是從那裡洩漏出去的。

福本說的「前例」——國松前長官槍擊案時，也是因為內部告發，導致偵辦的停滯曝光。當時有人投書媒體，引發軒然大波。

那起案子公訴時效還有沒到，偵辦還在持續當中。沒有人知道是否會變成懸案（註：本作品出版時爲二〇〇五年，此案尚在追訴時效內）。

但坦白說，那起事件確實是警界不願碰觸的瘡疤。

發生在一九九五年的國松孝次警察廳長官槍擊案，在公安部長指揮下，於南千住署成立了搜查本部。之所以不是刑事部負責，而是由公安部指揮，是因為當時大部分看法認為，此案為奧姆真理教所為。

偵辦過程中，查到了小杉巡查長的名字。在搜查本部進行偵訊時，小杉招認「是我對國松長官開槍的」。有人把這件事投書給各家媒體，輿論譁然，公安部長先是否認，說那是「不實黑函」。但媒體追查得愈來愈嚴厲，公安部長終於承認確實有小杉巡查長認罪這件事。

由於隱瞞事實，當時的公安部長引咎去職。

龍崎看著伊丹。

難道那傢伙也想重蹈覆轍？或者他以為這是警察的常識？官員向來是依循前例辦事，但只有愚蠢的官僚，才會不分青紅皂白地蹈襲故常。

伊丹好像發現龍崎在看他，抬起頭來。兩人對望了。

龍崎輕抬下巴，示意他過來。伊丹厭煩地板起臉孔，向周圍的幹部說了一聲，離開座位。

伊丹來到龍崎旁邊，立刻開口：「現場忙得很，沒空理你。」

伊丹顯然煩躁不堪。不像平常的他。

「我剛和福本通過電話。」

「福本？《東日》的社會部部長嗎？」

「沒錯。福本懷疑你計畫要讓案子變成懸案。」

伊丹瞪大了眼睛。是大吃一驚，毫無防備的表情。接著他迅速掃視周圍，神色變得嚴峻。

伊丹壓低聲音：「是記者胡猜。」

「要是那樣就好了……」龍崎說。「但記者蒐集消息的能力也不能小看。」

伊丹布滿血絲的眼睛轉向龍崎。額頭泛著油光。

「你過來一下。」

伊丹要離開搜查本部辦公室，龍崎跟了上去。一離開辦公室，立刻就被記者團團包圍。他們魚貫跟在後面，試圖問出點什麼。

「現職警察被警方拘留，這是怎麼回事？」

記者七嘴八舌地問著。

「有可能是現職警察行凶犯案嗎？」

伊丹對這麼問的記者怒吼。

「是關係人！你們要把每個關係人都當成兇手嗎！」

那副狠勁連龍崎都有些嚇到了。伊丹比龍崎友善太多，本來是很受媒體青睞的那種官員，而他現在居然對記者如此不假辭色。

「警察廳的長官官房課長來找警視廳的刑事部長談些什麼？」

別的記者問。記者這種生物，不是挨個幾下吼就會安分的。

「我不是說過了嗎？」龍崎回答。「我是來探望我的兒時好友……」

伊丹終於找到一間空的偵訊室。他進去裡面，叫龍崎進去。這間偵訊室被水泥牆圍繞，只有一張鋼桌，單調得可怕。鋼桌上空無一物。電視劇裡的偵訊室桌上都有檯燈，不過那是亂演的。

偵訊室裡不會放置任何可以拿來當成武器的物品，連菸灰缸有時也能當成武器，所以沒放。當然，警方也不會讓嫌犯在偵訊室吃碗裝食物。因為有被嫌犯拿碗公毆打的危險。

伊丹坐到桌子對面。是嫌犯的位置。龍崎刻意坐得比較遠，坐到記錄人員的位置上。

「不要在搜查本部裡隨便說話。」伊丹說。

「事實是怎麼樣？」龍崎問。

伊丹目不轉睛地注視著龍崎。

「你早就知道了吧？所以才會跑來搜查本部，不是嗎？」

龍崎大受震撼。

那，是真的暗中計畫要讓案子變成懸案……？

就像福本說的，要依循前例？

「太荒唐了……」龍崎說。「你要採取國松前長官那時候的手段？」

「只要是為了保護警察，同樣的事多少次都要做。」

「你沒忘記那時候的慘況吧？因為有疑似內部告發的媒體投書，事情才會曝光。結果當時擔任搜查本部長的公安部長被撤換了。」

「但小杉巡查長沒有被起訴，案子還在偵辦當中。」

龍崎感到憤怒。

他很少為工作生氣，但唯獨這時，他真想揍伊丹一拳。

不是道德的問題。伊丹的愚蠢教人生氣。

「你真心認為隱瞞真相就能保住警方的名聲？國松前長官槍擊案的時候，大家不是都學到教訓，知道只會招來反效果了嗎？」

「也有人持不同的看法。」

「不同的看法？」

「沒錯。儘管媒體鬧成那樣，結果小杉巡查長仍然沒有被起訴。警方聲稱證詞缺乏可信度，堅持不採用。」

「這又怎麼樣？」

「當時弄個不好，有可能搞到從警視總監到副總監，甚至警察廳幹部全面遭到撤換。但最後只有警視總監去職，撤換公安部長，風波就平息了。換句話說，事情成功壓下來了。」

撤換這個詞真方便。一般人會以為這就像懲戒處分，但實際上並非免職，只是換個位置。伊丹或許也已經有了遭到撤換的心理準備。

這種敷衍塞責的算計也令人難以原諒。

「保護警察幹部，就等於保護警察嗎？」

「有時候會是。」

「不對。那樣絕對不是為了警察好。」

伊丹撩起頭髮。

「龍崎，你成熟一點吧。任何國家和組織，或多或少都有祕密。不是滿口漂亮話就能怎麼樣的。」

這話令龍崎怒火中燒。扭曲原則的時候，人會搬出「成熟」兩個字。但這種說法只是蒙蔽事實。

「你做了最愚蠢的選擇。現在還來得及。你要循規蹈矩地辦案，將綾瀨署和大森署的搜查本部合併，減輕調查員的負擔。」

「你沒有資格指揮我。」

「這不是指揮，是忠告。」

「我可不想聽。方針已經決定了。」

龍崎不知不覺間站了起來。

伊丹仍然坐著。

「方針是你決定的，你可以收回。」

伊丹意外地看龍崎。

「刑事部長是現場負責人沒錯，但你以為這是我能決定的事？」

「換句話說，是上頭指示你這麼做的？」

「上頭這說法有點微妙……」

「你的意思是，不是警視廳，而是警察廳這麼指示的，對吧？」

「沒錯。警視總監不做判斷，這件事只有副總監在管。警務部開始撤查該名大森署員了，但不是為了追查犯罪，而是為了隱瞞身分。」

「應該要取締警察犯罪的警務部，也在幫忙掩蓋犯罪？」

「這不是什麼值得驚訝的事吧？」

「你打算繼續偵訊現職警察，逼他推翻供詞嗎？」

「就算本人不改口，只要宣稱不可信就行了。如果打撈荒川，找不到凶槍的話，供詞的可信度也會受到質疑。」

「萬一撈到怎麼辦？」

「撈不到的。」伊丹用疲憊到極點的表情說。

「這也是警察廳的指示嗎？」

「算是吧。」

「宣稱供詞不可信，尋找其他嫌犯，卻遲遲找不到嫌犯。這也是當然的，因為一開始認罪的現職警察就是兇手。然後拖過追訴期，變成懸案，是嗎？」

「十五年看起來很長，其實很短。再說，還有人事異動這個方便的制度。

這十五年之間，我會異動好幾次，或許會忘了這個案子。負責的調查員也會異動，或是退休，各分東西。就算是記者，也會調動或退休。」

「不可能忘掉的。」龍崎說。「人只要幹過一次，就會一而再、再而三地重蹈覆轍。然後不斷地腐敗下去。」

「這叫做累積經驗。」

「是警察廳哪個單位做出這種指示的？」

「刑事局。現在應該已經把長官官房拖下水了。」

牛島參事官說要和刑事局還有首席監察官開會，也許就是要討論把長官官房扯進來的懸案指令。

「別理那道指示。」龍崎說。「剛才你不是說，要依照正規程序起訴那名現職警察嗎？」

「那時候我人在搜查本部啊。誰曉得有誰在聽？」

「立刻把他移送檢方。」

「怎麼可能？這是警察廳刑事局的指示，我不可能抗命。」

「為什麼不行？現場負責人是你吧？」

「違抗警察廳的指示，我會丟飯碗。再說，如果地方警察不理會國家警察的指示，就無法維持警察全體的秩序。縣警層級的人任意行事的話，日本的警察制度會崩壞。」

「錯誤的指示沒必要聽從。」

「只有你一個人說它錯。」

「這怎麼可能是對的！警方隱瞞真兇，這才會讓警察制度崩壞！」

「我們沒有隱瞞真兇，只是詳細查證供詞的可信度。」

「就算撈到手槍，也會當做沒發現不是嗎？」

「就說撈不到槍了。」

「反正你們會去打撈跟供詞不同的地點對吧？被動員的現場調查員真夠可憐。」

「不勞你操心。」

「要是被媒體知道，不只是你，連警視總監跟警察廳刑事局局長都要地位不保。」

「不要被發現就得了。」

「但《東日》的福本察覺了。」

「那是非正式訊息。得不到確證，就不能報導。只要裝傻到底就是了。」

「一定會有人揭露。不一定是報紙，還有電視談話節目和週刊。」

「沒有媒體想跟警察作對。」

「你太天真了。把北海道警的黑金醜聞公諸於世的就是電視新聞節目。媒體不是聽話的狗，有時候是會反咬一口的。當過警察廳公關的我都這麼說了，不會錯的。」

「我沒有討價還價的餘地。」伊丹赤紅充血的眼睛瞪著龍崎。「你很快也會被牽扯進來。你聽著，若不是警察廳和警視廳聯手全力以赴，怎麼可能讓連續殺人案變成懸案呢。你做好覺悟吧。」

伊丹說的沒錯，阿久根刑事局局長和官房長正在與牛島參事官和首席監察官討論，但官房長和參事官不一定會同意刑事局的做法。

「我相信長官官房一定會做出正確的判斷。」

「沒錯，會做出正確的判斷，也就是採取跟刑事局一樣的方針。為了保住警察的威望，必須當做沒有這件事。」

「繼續幹這種隱蔽事實的勾當，只會讓警察的威望掃地，你怎麼就是不明白？」

「你說的是真理，但真理不一定能通行於世。」

「那種話總是讓我聽了就有氣。如果真理不能通用，那就是這個世界錯了。」

「不是對錯的問題，這個世界就是這樣。」

不是無意義地爭辯的時候。

「伊丹，你要清醒過來。你要做的是絕對不能做的事。」

伊丹的眼神逐漸變得迷茫。

「你不是也在為你兒子的事煩惱？」

「坦白說，我也考慮過掩蓋事實這個選項。」

「就跟這是一樣的道理。你為了保護家庭和警察廳，有了祕密。我也為了保護警視廳和警察廳——不，為了守住全國警察官的地位，要守住祕密。」

「不過，我決定要面對真相。」

伊丹露出詫異的表情。

「你說什麼？你想做什麼？」

「讓他自首是最好的做法。這麼一來，很有可能換取減刑。」

「你的家人怎麼辦？你不是說你女兒跟大阪府警的本部長兒子正在談親事嗎？」

「我會向女兒解釋。」

「這不是解釋就可以怎樣的問題。或許她會恨你一輩子，會一輩子無法原諒弟弟。這不是你一個人的問題。」

「我知道。但既然犯了罪，就必須贖罪。我是警察官員，更必須以身作則。」

「不只是家人，你這樣還會拖累整個警察廳。」

「既然事情發生了，就必須面對。或許會給警察廳造成困擾沒錯，但只要我負起責任就行了。」

伊丹瞪大了眼睛。

「負責？你知道這是什麼意思嗎？」

「我知道。我應該會被解除目前的職位。但我不會因為家人的過錯被革職。法律上是這麼規定的。」

「問題不在法律，而是你的敵對勢力和競爭對手。他們會趁這個機會落井下石。」

「我對廳內的派閥鬥爭和互扯後腿沒興趣，只是……」龍崎說了真心話。「當上課長後，權限增加了很多。身為一名事務官失去這些權力，我真的很遺憾……」

「所以叫你把它搓掉啊！」

「我做不到。既然知道你們打算讓案子變成懸案，我更做不到了。如果我掩蓋了兒子的犯罪，我甚至無法批判你們要做的事了。」

「那……」伊丹說。「你要與我們為敵？」

「不，不是為敵。」龍崎說。「我要說服你，讓你站在我這邊。」

15

龍崎先離開偵訊室回去搜查本部。他走到窗邊，打手機找公關室的谷岡。

「看一下刑事局和長官官房幹部是不是還在開會。」

「請稍等。」

電話進入保留。谷岡好像派部下去查看。電話很快又接通了。

「好像還在開會。」

「知道是什麼狀況嗎？」

「呃……？」

「會議的狀況。」

「不，這就……會議室不能進去……」

「我想知道是什麼氣氛。」

「如果有緊急訊息要給參事官或官房長，我可以進去轉達，順便看看狀況……」

龍崎想了一下。

「我想想……那你寫張字條給參事官，說：『東日已察覺懸案計畫。』」

「這是什麼意思？」

「總之你寫張這樣的字條交過去，然後立刻回報是什麼狀況。」

「好的。」

龍崎掛斷電話等待。

伊丹總算回來搜查本部了。剛才他留在偵訊室，應該是在想事情。伊丹看起來累壞了，也許根本不是能夠正常思考的狀態。

龍崎也是，發現邦彥吸毒時，差點有些失常，但他認為是理性和邏輯拯救了他。不合理的事再怎麼想都不會有結論。

即使是伊丹，應該也不認為隱蔽事實是對的。他說是警察廳刑事局給他的指示。

但警察廳真的會做出這種指示嗎？龍崎感到質疑。如果這種指示曝了光，那才真的會搞到警察廳的幹部全得下台。

這太不合算了。既然都有了賭上自身去留的覺悟，何不乾脆公開現職警察是嫌犯的事實，面對社會的反應？

懸案的指示愈想愈沒道理。伊丹到底是聽誰、什麼樣的說法做出這種指示的？

想到這裡，龍崎腦中浮現刑事局搜查第一課長坂上那張平坦的臉。

那傢伙的話，很有可能幹出這種事……

這時手機響了。是谷岡打來的。

「感覺是一般的幹部會議。」

「沒有爭吵的樣子嗎？」

「看不出那種樣子。」

「沒有人大呼小叫嗎？」

「沒有，很一般的會議。不過……」

「不過怎麼了？」

「我把字條交給參事官，結果他狠狠地瞪了我一眼。因為反應太可怕了，把我嚇了一跳。」

「我知道了。」

「那張字條是什麼意思？」

龍崎小心起來。一直以來，谷岡為龍崎鞠躬盡瘁，但不能保證往後也會是如此。他必須冷靜確認谷岡是否會站在他這邊。

如果龍崎因為邦彥的事被降級，谷岡會端出怎樣的態度？必須連這點都設想進去。

伊丹把龍崎說得像一個不知世事的理想主義者，但龍崎認為他錯了。龍崎並非不知世事。關於廳內的派閥對立，他也掌握了充分的資訊。他只是更重視原理原則更勝於這些罷了。說他是理想主義也有些不同。龍崎絕對不是在追求高不可攀的理想，他只是專注於近在腳邊的原則。

龍崎對谷岡說：「不能在電話裡說。我會找機會向你說明。」

「好的。」

龍崎掛了電話。

谷岡也不是笨蛋，一定已經從字條內容猜出大概了。所以他會以龍崎是否好好向他說明，來評估龍崎對他的信賴程度。

谷岡的報告有兩個重點。

一、刑事局與長官官房之間並未對立。

二、參事官對龍崎的字條反應激烈。

把這兩件事放在一起思考，顯示出刑事局和長官官房都同意了「懸案」方案。

龍崎認為參事官應該馬上就會打電話來了。如果長官官房同意「懸案」，參事官就必須處理那張字條。

不出所料，三分鐘後，牛島參事官來電了。

「那張字條是怎麼回事？」

「就是字面上的意思。」

「原來你知道？」

「待在這個位置，笨蛋也看得出來。」

「你想說你不是笨蛋？」

「至少我不想做出愚蠢的選擇。」

「我要了解一下《東日》的事。你馬上回來。」

「我想參加調查會議，蒐集情報。」

「你應該知道，調查會議根本不重要。」

言外之意，往後的偵辦幾乎都只是做樣子。這是絕不能容許的事。但龍崎不能反駁。這種情況順著對方的意比較好。

「好的，我立刻回去。」

電話掛斷了。

龍崎走近伊丹說：「我得回去警察廳了。」

伊丹的表情有些鬆了一口氣。他似乎覺得龍崎很礙事。

龍崎心底隱隱有一股快感。

是與兒時回憶連繫在一起的感情。龍崎總是害怕著伊丹與他的親衛隊，只要看到他們，他甚至會身體不適起來。也許龍崎現在對伊丹造成了當時的那種壓力。

龍崎還沒有擺脫兒時對伊丹的芥蒂。他有自覺，就是為了不受伊丹這種人欺凌，他才會決心成為社會上的勝利者。成為傑出的人，意味著成為不受感情左右的理性之人。

伊丹說：「現場交給我。你想知道什麼，隨時打電話給我。」

「不。」龍崎說。「電話不可能講得清楚，我也不能把現場交給你一個人。我會再來。」

伊丹什麼也沒說。

龍崎前往搜查本部門口，戶高正從外面走進來。他看到龍崎，尷尬地別開視線。他好像以為龍崎早就回去了。

龍崎也幾乎忘了戶高。

戶高想要穿過龍崎旁邊，龍崎開口：「你也是搜查本部的成員嗎？」

「唔，嗯……」

「剛才你說不知道搜查本部在哪裡。」

「呃，那是……」

戶高想要辯解，但好像想不到能怎麼說，彆扭地撇過臉去。

「我可能還會再來搜查本部，請多指教。」

戶高一臉意外地轉過頭來。

龍崎直接離開了。

那種水準的調查員多如牛毛。是連基層的升遷競爭都擠不進去的一群人。

這種人會緊抓住現場不放。若潔身自好，會成為獨樹一格的老鳥調查員；但弄個不好，就會淪落到把欺凌後輩當成生命意義。

而潔身自好的人並不多。

離開大森署，搭上計程車後，龍崎想了。

犯下連續殺人的現職大森署員，是個怎樣的警察？

龍崎可以輕易想像，他一定是個認真的員警。也許認真過頭了，成日與罪犯打交道，漸漸陷入「這世道哪裡不對」的思考模式。

一開始也許是義憤填膺。是對現代年輕人模糊的憤怒。這是很平常的反應。隨著年紀愈來愈大，開始看不順眼年輕人的言行。完全忘記自己年輕時是什麼德行，痛恨起時下年輕人的用詞、服裝和髮型。龍崎認為這應該是普遍的現象。每個世界、每個時代都是如此。

如果只是感到義憤填膺，完全沒有問題。社會正義是值得追求的觀念。但那名現職警察透過過去的案子，非常熟悉被害者與加害者雙方。就是這一點糟糕。這讓他不只是單純的義憤填膺，甚至萌生了私人的憎恨。或許還有職業上的責任感。

一度親手逮捕的罪犯，又再次回歸社會。而且短短幾年就出獄，昂首闊步。確實，日本對刑犯的的量刑或許算是輕的。比方說，中國人似乎就把日本當成犯罪大堂。

在中國會被判處死刑的犯罪，搬到日本來，只要服刑五年便可以出獄。

外國人罪犯日益增加，因為他們都清楚，日本的量刑比祖國更輕太多了。

而且日本的警察幾乎不會開槍。這也是外國罪犯再清楚不過的事。

少年也是如此。他們知道只要還未成年，不管是殺人還是強姦，都不會被判多重的刑。

換句話說，外國罪犯與失足少年都瞧不起日本警察。

那名警察是否平時就為這樣的狀況感慨不已？但警察的行動受到法律嚴格規範。那麼，會想要擺脫警察身分，以一般市民的身分，向這些凶惡的罪犯揮下制裁的鐵槌，也是情有可緣的。

確實，警察被看輕了。

但龍崎認為以某個意義來說，這樣才是健全的社會。想像一下警察國家就知道了。在舊蘇聯時代，人民都活在惡名昭彰的KGB恐懼的陰影之下。

現在KGB似乎改名FSB，煥然一新，但據說是換湯不換藥，同樣是以恐懼來支配民眾。

不必舉別國當例子，日本在戰前與戰時，也有俗稱「特高」的特別高等警察在進行嚴格的言論控制。

相較之下，警察被瞧不起的社會，也許才算是健全的。

被瞧不起還無所謂，但遭到唾棄就是個問題了。近年來，警界爆發黑金問題，警察也不斷地鬧出醜聞，威嚴逐漸掃地。

不能再出現任何打擊警察名聲的事件了。龍崎這麼想，警察廳的刑事局也有同樣的想法。

然而兩者的做法卻是南轅北轍。刑事局試圖隱瞞事件真相，但龍崎認為那樣做只會讓狀況更形惡化。

刑事局以為只要不被媒體抓包就沒事了，但這是不可能的事。《東日》的福本已經步步逼近真相了。

伊丹舉了國松前長官槍擊案為例，說只處分了少數人就平息了風波，代表粉飾工程十分成功。

但龍崎認為這是錯誤的解讀。

槍擊案的被害人是警察廳長官，等於是警察的龍頭。而且國松前長官奇跡似地保住了一命，並回歸現職。

但這次的死者雖然有前科，卻是一般市民。而且是連續三起命案。給一般市民的印象截然不同。萬一粉飾案子的事曝了光，媒體帶頭引發的風暴，不可能是國松前長官槍擊案那時候可以相比的。

到時候警察的權威將一敗塗地。絕不能容許這樣的狀況。

刑事局和伊丹才是想得太天真了。

龍崎無論如何都必須阻止故意讓案子變成懸案的陰謀。不是良心的問題，也不是模範生式的道德感，而是出於可能失去賴以立足的根基的迫切危機感。如果警方的權威掃地，當然警察官員的權威也將煙消霧散。他從學生時代就做出種種犧牲，才換來今天的警察官員職位。他無法忍受它失去價值。

回到警察廳，龍崎立刻向牛島參事官報到。一眼就可以看出牛島參事官的心情惡劣到家。

「太慢了！」牛島參事官一看到龍崎就破口大罵。「你在摸什麼魚？」

「我從大森署搭計程車趕回來的。我已經盡快了。」

「你說《東日》怎麼了？」

「《東日》察覺警方要讓案子變成懸案的陰謀了。」

「什麼陰謀，不要用那種難聽的字眼。」牛島參事官瞪龍崎。「你說誰要讓案子變成懸案？」

「伊丹說得到刑事局指示。」

牛島悶吼一聲。

「警方只是敦促那名關係人警察要冷靜作證。我接到的消息說，關係人被拘留時，情緒非常激動。」

「參事官真的相信那種說詞？」

「沒理由不信。而且現場有可能做出違法偵訊，強迫取供。警務部的監察正在調查這一點。」

龍崎大吃一驚。

原來警視廳的警務部不是在調查該名大森署員，而是在調查訊問他的偵訊官。

偵訊或多或少都一定會有不符合程序之處。只要吹毛求疵，絕對能找到觸法的部分，那都是一些平常不會去計較的雞毛蒜皮違法行為。他們想要揪出這些不法，讓供詞失效。

是律師常用的手法。

「這樣做太愚蠢了。」龍崎說。「要是陰謀曝光，從長官開始，所有的幹部，無一能夠倖免。」

「就是不能讓它曝光。這是你的工作。至於如何決策，輪不到你來煩惱。」

「一定要有人做出正確的決策。」

「我說過了，那不是你的工作。詳細告訴我《東日》的事。哪個層級知道這件事？」

「社會部部長福本親自打電話給我。」

「可惡……！」牛島憤憤地啐道。「社會部部長啊，這下棘手了……可以談判嗎？」

「談判……？」

「塞點甜頭給他，叫他閉嘴。公關室的話，這點小事還做得來吧？」

「沒辦法的。」龍崎說。「這個問題太嚴重了。」

「沒辦法也得做。如果你不做，我就直接叫公關室長谷岡去做。」

也就是要排除龍崎，直接拉攏似乎會唯命是從的谷岡。做得到就儘管試吧。《東日》的福本比谷岡老奸巨滑多了。

「既然《東日》知道，其他報社恐怕也知道了。事情不可能像刑事局和警視廳設想的那樣順利進行。」

「你的意思是刑事局搞砸了……？」

牛島壓低了聲音問。

龍崎點點頭。

「首先是判斷錯誤。有現職警察認罪了。這個時候，刑事局在情急之下做出了無能的官僚會做的選擇。也就是墨守成規，盲從前例。」

「你是指國松前長官槍擊案？」

「沒錯。」

「無能的官僚會做的事啊……」

牛島的心情好轉了些。

龍崎批評他的競爭對手阿久根執掌的刑事局搞砸了，似乎令他聽了頗為爽快。

「但計畫已經展開了。」牛島說。「事到如今沒辦法回頭了。」

「必須要回頭。現在還來得及。」

「刑事局打算就這樣蠻幹下去。」

「由長官官房出面掌握主導權就行了。」

「既然你說是刑事局搞砸的，叫他們自己去收爛攤子吧。」

「這關係到整個警察廳。我們會受到刑事局拖累，同歸於盡。」

「你有什麼好主意嗎？」

「只要知道是誰對伊丹下達那種荒唐的指令，應該就有辦法。」

「你也知道是誰吧？就是會做出無能官僚行徑的那傢伙。」

「坂上搜查第一課長嗎？」

「這話可不能由我來說。」

牛島參事官沒有否認。亦即這就是答案。

「只要切割他就行了。換句話說，當做根本沒有懸案指令，是伊丹搞錯了，現在開始轉換方向。」

「刑事局不會不吭聲的。」

「我們的判斷才是正確的。請聽我說，剛才我也提過，若是媒體揭露警方隱瞞真相的事實，長官以下所有的幹部可能都要地位不保。已經有報社嗅出事實了。必須盡快做出聲明，發表真相，才是最好的做法。」

「媒體會開始集中炮轟。有人得上去當炮灰。但可不能逼長官扛起責任啊。刑事局就是害怕這種狀況。」

「害怕也沒用。現在唯一需要的，是擬定精確的對策。」

牛島露出沉思的樣子。

「我可不想上去當箭靶。若是照這樣下去，刑事局應該會設法。」

「不，我認為刑事局想得太天真了。他們自以為有辦法，根本是大錯特錯。」

「那你要去當炮灰嗎？」

牛島的口氣像在說「看，你自己也做不到」。

龍崎想了一下，說：「我應該是最妥當的人選。」

牛島的銅鈴大眼瞪得不能再大。

「你是說認真的？」

「當然是認真的。總務課必需當個無名英雄。」

「弄個不好，只有你一個人會吃虧。不，你這樣做是違反刑事局方針，刑事局一定會把你犧牲掉。」

龍崎悄悄嘆了一口氣，回答：「我已經有所覺悟了。」

「太荒唐了……官員不可能像這樣自我犧牲。這等於是叫你斷送官員生涯啊！」

「反正或許我已經沒有未來了。」

「你在說什麼？你跟伊丹出了什麼事嗎？」

「不，是我個人的問題。」

「個人的問題……？」

「或者說，是家人闖了禍……」龍崎乾脆地說了出來。「小犬吸食毒品，被我逮到現行犯。」

牛島把來到口邊的話用力呑了回去。

兩人陷入一段沉默。

「怎麼會這樣……現職警察犯罪，再上警察官員家人的醜聞……你打算怎麼處理？」

「我會要小犬自首。事情還沒有曝光，只要自首，很有可能獲得減刑。小犬還未成年，審判不會公開，名字也不會曝光。」

「事情還沒有曝光？」牛島的眼睛狡猾地亮了起來。「還有誰知道他吸毒的事？」

「我知道參事官想說什麼。您在評估能不能掩蓋下來對吧？但我不考慮把這件事搓掉。因為就像這起現職警察連續殺人案，我不認為掩蓋是最好的方法。」

「弄個不好，你會丟飯碗的。」

「我研究了所有的法律條文，裡面沒有一項可以將公務員因家人犯罪而免職。」

「或許是這樣……但起碼你不可能繼續待在原來的位置了。」

「所以我才說已有所覺悟……」

牛島瞪著天花板。

「怎麼會這樣……」

他再一次喃喃。

16

牛島打算暫不表態。這很明顯。往後不管做出任何發言，都只會讓他立場更糟。

龍崎再次拜訪大森署的搜查本部。已經是傍晚了。伊丹還在那裡，表情更加走投無路了。

他看到龍崎，露出更憂鬱的神情。

龍崎走近伊丹。周圍的幹部又站起來了。龍崎決定不理他們。

「我有話跟你說。」

龍崎說，伊丹把疲憊不堪的臉轉過來，茫然了半晌，好像無法理解龍崎說了什麼。片刻之後，伊丹說：「哦，去角落那邊吧。」

伊丹指著無人的一隅。龍崎點點頭，一起過去。

伊丹在摺疊椅坐下，龍崎站著說：「我跟牛島參事官談過了。」

「參事官……？」伊丹混濁的眼睛轉過來。「長官官房想做什麼？」

「奪回這次的主導權。刑事局的判斷是錯的。」

伊丹愣怔地回看龍崎。

「喂……」伊丹的臉漲紅了。「不要把警察廳的部局勢力之爭扯進來。」

「不是那樣。」龍崎說。

「長官官房不滿刑事局的判斷，插手管事不是嗎？這不就是勢力之爭嗎？」

「插手的不是長官官房，是我。官房本來打算與刑事局聯手合作。」

伊丹露出厭煩的表情。

「這樣做對你有什麼好處？」

「真正的官員不考慮利益得失。我是思考怎麼做才能讓組織有效發揮原本的功能。」

「害別人丟飯碗就是你口中的正義嗎？」

「正好相反。照這樣下去，從警察廳長官、警視總監，到警察廳、警視廳的幹部都會全軍覆沒。那樣一來，警方的權威將蕩然無存。」

「媒體會鬧上一陣子，但過了喉嚨就忘了燙，世人很快會忘記這事的。」

「這樣的看法太膚淺了。即使沒有這件事，現在警方的威嚴也已經搖搖欲墜。若是警方的力量再有所減損，犯罪會急速增加，破案率繼續下降，日本會變成犯罪天堂。」

伊丹搖搖頭。

「這不是我能怎麼樣的問題。」

「你錯了。這場危機必須靠你的力量才能克服。」

伊丹的語氣變得怨恨。

「你要叫我違抗警察廳的刑事局？你以為這辦得到？」

「我並沒有叫你違抗刑事局。」

「什麼意思？」

「告訴我是誰下的指示。」

伊丹蹙起眉頭，面露戒色。

「你問這個做什麼？」

「那不是警察廳下的指示，而是那名官員個人的意見。要這麼辦。」

伊丹瞪龍崎。

「意思是要當做沒這個指示？」

「沒錯，根本沒有指示。只是聯絡上的疏失，造成你的誤解。就是這麼回事。」

伊丹的眼神因憤怒而炯炯發亮。

「都什麼情況了，你以為那種說詞行得通嗎？再說，我並不是盲從指示，而是自主判斷，認為警察廳負責人的看法是最好的。」

「你這個判斷是錯的。你應該重新考慮。現在還來得及。是誰下的令？」

「我不能說。那是警察廳的問題，你們應該自己調查。」

「不是爭辯這個的時候。拖得愈久，狀況愈糟。聽好了，那個刑事局人員做出了錯誤的判斷，現在還可以歸咎於他個人的疏失。但如果你把他的胡言亂語當成正式指令，事情真的會無法挽回。」

伊丹瞥了幹部席一眼。

龍崎的聲音有點大，他可能擔心被聽到。

伊丹把視線移回龍崎說：「胡言亂語？也許你說的才是胡言亂語。至少刑事局那是成熟的判斷。」

這種說法總是教龍崎火冒三丈。人想要擁護陳腐的傳統和習慣時，一定會搬出這種說詞。

「成熟的判斷？別笑掉別人大牙了。你老是這樣。」

伊丹聞言露出詫異的表情。

「什麼意思？」

「你總是指使你的親衛隊，從不弄髒自己的手。總是退後一步，以幕後黑手自居。」

「喂，這是在說什麼？」

龍崎有所自覺，自己難得激動了。不知為何，一提到小學的事，他就冷靜不下來。

「你總是看著你的親衛隊霸凌我，站在一旁冷笑。沒錯，你是老師的愛徒，是班上的風雲人物，你不能弄髒自己的手。才幾歲的小孩，就這樣工於心計。你真是一點都沒變。」

伊丹瞪圓了眼睛。

龍崎無法克制要說下去。

「你說你是現場主義，但你的真心話才不是這樣。只要來到現場，每個人都會用最敬禮迎接你、吹捧擁戴你，所以你才喜歡現場，如此罷了。記者也都對你很客氣，所以你誤以為每個媒體都對你印象良好。你聽著，我之前也說過，媒體是會輕易翻臉不認人的。」

「等一下……」伊丹表情依舊驚愕。「你是在說小學的事？你是不是瘋啦？還說什麼我的親衛隊霸凌你，那是誤會吧？」

「怎麼可能是誤會？所以在課業方面，我無論如何都不想輸給你。」

「我從小學就對你另眼相待，覺得自己實在比不過你，甚至可以說是尊敬你。但你根本不理我，所以我想要製造機會跟你說話……」

「每個人都有自己的一套說詞。霸凌的一方，根本不會發現被霸凌的一方有多痛苦、多自卑。」

「你那是被害妄想吧？」

「不是妄想，我是真的受到傷害。只是你不記得而已。」

伊丹的表情變得複雜。

「不，現在不是說這個的時候。」

龍崎也明白，但他怎麼樣就是克制不住激動。

「不對，那才是一切的源頭。成熟的判斷？那就是把髒東西蓋起來、迂腐又無能的官僚主義。現在需要的不是獨善其身的敷衍一時。思考怎麼做才能將損害減少到最小，才是正確的危機管理。」

「危機管理……？」

「沒錯。眼前這是一場警界全體的危機。若是誤下判斷，沒有人能夠生還。」

「對，這需要高度的判斷。所以我才會聽從警察廳刑事局的決策。警察廳就是為了做決策而存在的。」

「警察廳也有無能的官僚。你現在就是在聽從那個無能之徒做出來的愚蠢決策，準備葬送整個警界。」

「無能之徒？你居然滿不在乎地這樣批評同事。」

「無能就是無能。有能無能跟善惡不一樣，是可以客觀評斷出來的。」
「坂上先生也是拚命在做事……」
「果然是坂上第一課長下的指示？」
「你早就知道了吧？」
「我必須確定。」
「確定了又能怎樣？」
「聽好了，說要讓案子變成懸案，是坂上的胡言亂語。不用理他。」
「你沒有權限做這種決定。」
「不是權限的問題。危機管理，應該是在瞬息萬變的狀況中，由最能做出精確判斷的人下達指示。」
「你想說那個人就是你？未免太自命不凡了吧？」
「不是自命不凡。我的位置能夠冷靜評估狀況。」
「什麼意思？」
「因為我不考慮自保。因為想也沒用了。」

「等一下。」伊丹皺眉。「你是在說你兒子的事？不是叫你搓掉嗎？」

「我不會搓掉。理由就跟不能掩蓋這起連續殺人案的真兇一樣。換句話說，這是受創最少的做法。如果遮掩，當事情快曝光的時候，又必須想方設法重新掩飾。而新的掩飾，需要耗費比一開始更多的精力。謊言會不斷地連鎖，最後發展成無法掩蓋的大問題。到時候人會想：啊，早知道一開始就說實話了……」

「所以才需要政治。政治的世界充滿了祕密和權謀。全世界任何一個國家都是如此。你知道為什麼嗎？因為光講清廉，沒辦法推動世界。需要權力，也需要骯髒的爾虞我詐。」

「我在乎的不是清廉。我說的完全是危機管理的問題。必須用損害最少的方法克服這次的危機。不要理坂上課長的話，依照正規程序，逮捕兇嫌、送交檢方，然後起訴。明天就開記者會說明現職警察認罪的事。」

伊丹別開目光，慢慢地環顧搜查本部辦公室。他不停地在思考。龍崎似乎可以了解他的心情，說：「我來猜猜你在想什麼。其實你也想這麼做對吧？

讓調查員瞎忙一場，其實你應該也很內疚。」

伊丹把視線移回龍崎。

「你說我喜歡受人吹捧，所以喜歡現場？」他說。「這話再怎麼說都太過分了。」

龍崎點點頭。

「也許是過分了。」

「我喜歡這份工作。」

「就像你說的，高級幹部兩、三年就會異動。反正你也無法永遠都是刑事部長。」

伊丹又想了一下說：「是啊，就算隱瞞下來，或許也會被調到警察廳做文書工作。如果順利，或許還可以在現場待久一點。」

龍崎覺得這太樂觀了，但刻意沒有說出口。光是私大出身這個條件，就很難讓進入本廳工作。伊丹應該會被調到地方的本部。

我自己呢？

龍崎思忖。

應該不致於被免職，但降級人事八成免不了了。

「如果我在記者會上發表這消息，會出現什麼狀況？你怎麼預估？」伊丹問。

「現職警察是連續殺人案的兇手，這應該會讓輿論沸騰一陣子。所以警察廳和警視廳都必須傾全力查明真相，然後在不牴觸嫌犯權利的範圍內，盡量公開資訊。」

「討好媒體是嗎？」

「有時候也是需要交換條件的。《東日》的福本說，這次的連續命案，讓他們決定推出專題報導，探討少年犯罪的量刑。或許這也有助於緩和對現職警察的反感。」

「但他考慮做那專題，是得知兇手是現職警察以前的事吧？搞不好現在早就對那種專題沒興趣了。」

「我會塞給他一點甜頭。也可以在你開記者會之前，小聲跟他透露一下。」

「給他獨家是嗎？警察廳內會追究是從哪裡洩漏出去的。」

「被查到也無所謂，反正我已經準備當炮灰了。」

「如果在記者會上公布，坂上一定會來吼人。」

「這也交給我。我來當避雷針。」

「為什麼你要做到這種地步？你只是個總務課課長吧？」

「如果沒有我兒子的事，我可能也會安靜閉嘴。」

「你是說你自暴自棄了？」

「相反，我覺得學到了很多。遇到緊急關頭，人很難保持冷靜。但重要的是冷靜之後如何面對。能否迅速擬定善後對策，決定了損害的大小。」

伊丹大大地做了個深呼吸。

「我明白你想說什麼了。但我不能現在立刻答應你。我有很多要考慮的事。」

「沒時間了。」

「讓我考慮一晚。反正明天上午才要開記者會。」

龍崎點點頭。

「好吧。」伊丹回去幹部席了。

龍崎看著他的背影，尋思起來。

伊丹不是傻子，他一定會做出正確的結論。問題就像伊丹說的，是坂上。

當他發現自己的指示遭到漠視，不曉得會採取什麼行動。有必要先發制人。

龍崎取出手機，打到警察廳的刑事局，叫坂上聽電話。

「官房的總務課課長有何貴幹？」

「是關於這次的連續命案。聽說有現職警察全面認罪了。」

「要說幾次你會才懂？這裡沒總務課的事。」

「但狀況變了。事關重大，所以決定由長官官房來處理了。」

「你說什麼？我怎麼沒聽說？跟官房開會的時候，完全沒提到這件事。」

「狀況瞬息萬變。」

「就算是這樣，也輪不到總務課課長管閒事。」

「處理官房實務的是總務課，而且公關是總務課的職責。」

「你打電話來做什麼？」

「你對警視廳刑事部長的耳語應該會被忽略。如果你對這件事有意見，請直接找我，不要搔擾警視廳。」

「你到底在說什麼？」坂上似乎很困惑。

「是你下令把案子弄成懸案的對吧？荒唐。」

一瞬間的沉默。

「荒唐？你懂什麼？你聽著，刑事局跟官房開過會，都同意這個做法了。不管你現在再來說什麼，決議都不會改變。」

「那場會議是非正式的，不會有任何決議。懸案指示也是。我不是說了嗎？狀況瞬息萬變。」

「哼，我不曉得你誤會了什麼，但警察廳的方針不可能改變。」

「聽著，即使你有不滿，也絕對不許去搔擾警視廳。如果有什麼話要說，請直接找我。」

「你以為你是誰？」

「官房總務課課長。」

龍崎掛了電話。

坂上本來就討厭龍崎，這麼一來，就順利將坂上的怒火轉向龍崎了。

應該可以實現「我來當避雷針」的諾言。

不管坂上陰謀策畫什麼，他都無所謂。反正還有邦彥的事，他本來就不可能全身而退。而現在牛島參事官決定不表態，坂上愈是做困獸之鬥，只會讓自己的處境更糟。

「接下來……」龍崎把手機收進西裝內袋，喃喃自語。

還有最棘手的問題。

他現在必須回家，向全家人說明要邦彥自首的決定。

17

龍崎打電話告知總務課他會直接回家，晚上九點多離開了搜查本部。調查員八點收工，緊接著召開調查會議。

調查員一定正拚命在尋找推翻現職警察供詞的物證，但他們的努力不會有成果。會議停滯不前。伊丹交抱著手臂，默默地想事情。想想調查員的辛苦，最好盡快將真相公諸於世。調查會議持續著，龍崎悄悄離開搜查本部。記者守在門外，提出形式性的問題。

「請等明天的記者會。」

龍崎只留下這話，便甩開記者的包圍。

真正是漫長的一天。上了電車以後，他頓時一陣筋疲力盡。肉體累了，但神經緊繃。他切實地渴望酒精。

官員裡面意外地有不少人酗酒。高級事務官公務繁忙，但不只是忙而已，還要揹負沉重的責任。不喝點酒，實在撐不下去。不能喝酒的人，就投靠安眠藥。

但如果求助精神科或神經內科，被上頭得知，會影響升遷。事務官隨時處在激烈的競爭之中，一點疏失，就可能造成嚴重的失分。

精神堅強的人與不夠堅強的人你死我活地競爭著，只有精神堅強的人會雀屏中選。所以自殺的官員不絕於後。

不管再怎麼想喝酒，在今晚向家人宣布以前，都必須忍耐。回家令人憂鬱，但該做的事非做不可。不能再拖下去了。

該怎麼開口才好？龍崎想著這些問題，差點錯過轉乘站。下了電車，往自家走去的途中，他好幾次想要直接折回警察廳。當然，這是絕不允許的。

這是個符合五月時節的溫暖夜晚。夜晚的空氣裡摻雜著某種花香。也許是杜鵑花。龍崎住在都心，所以不像住宅區那樣，家家戶戶的庭院盛開著各種花卉。頂多只有公園開著杜鵑花。

回家以後，妻子冴子一如往常，立刻著手準備晚飯。

「飯等會再吃，我有事要說。」

「咦，真難得。明明平常只有吃飯、洗澡、睡覺三句話。」

「怎麼會？該說的我應該都有說。」

「你就是不懂玩笑。」

「現在沒空陪你說笑。邦彥在房間嗎？」

「他照著你的吩咐，一直待在房間裡。欸，他會不會真的變成繭居族了？」

「很快就結束了。美紀呢？」

「美紀應該也在房間。她正忙著求職，很早就回家了。」

「把他們兩個叫來。」

冴子訝異地看龍崎，龍崎躲避她的視線。

冴子離開飯廳了。很快地，只有冴子回來。一會兒後，邦彥現身了，鬧脾氣似地俯著臉。龍崎覺得應該不是鬧脾氣，而是尷尬吧。

「你坐那裡。」

龍崎指著客廳沙發說。他覺得這不是該在飯廳談的事。

「看來要講什麼嚴肅的事呢……」

冴子說，但語氣頗為悠哉。

沙發呈L字圍著桌子。冴子坐在三人座沙發邊角，邦彥坐在另一邊，還是一樣默默垂著頭。他應該已經猜到是要談他的事。

等了一會兒，美紀總算來客廳了。她已經換上睡衣了。

「明天我一早就得出……」

她站在門口埋怨，但說到一半就打住了。她察覺到氣氛非比尋常了。

龍崎心情更沉重了。如果在場的是總務課的部下，真不知道該有多輕鬆。家人真的很棘手，他想。

「你坐那裡。」龍崎指著沙發說。

「沙發很擠，我坐這邊。」

美紀說，在飯廳的椅子坐下。

確實，三個人並坐，沙發是略嫌侷促了，但讓美紀坐在龍崎旁邊也很奇怪。這處公寓並不大，美紀坐在飯廳還是可以聽到龍崎說話，看得到彼此。

龍崎開口了。

「我要談的是邦彥的事。前些日子，爸看到邦彥抽菸。但那不是一般的菸，菸頭沾了海洛因。」

家人沒什麼反應，讓他感覺撲了個空。龍崎訝異：他們有聽懂我在說什麼嗎？

「這不是可以用一句好奇或衝動就算了的事。這觸犯了毒品防治法，是重大的犯罪行為，不能寬貸。」

邦彥的表情彷彿正默默地承受著痛苦。冴子眉頭深鎖，等龍崎繼續說下去。美紀面無表情，看起來也像在生氣。

龍崎總算發現家人反應遲鈍的理由了。他們不知道該如何面對。家裡出了個罪犯，他們無法正確拿捏這代表了什麼。

龍崎繼續說下去。

「爸會叫邦彥去自首。只要在犯罪曝光前自首，就有可能獲得減刑。邦彥持有並使用毒品，但他是初犯，吸食的方式也很輕微，為期似乎也很短暫，因此或許有酌情量刑的餘地。邦彥還未成年，所以審判不會公開，名字也不會被公布。」

「自首」這兩個字似乎還是震撼了家人。事實這才總算一點一滴地滲透到心裡。這是罪犯的近親常見的反應。一開始完全沒有真實感，隨著時間過去，衝擊才慢慢地湧上來。龍崎沒想到居然會在自己家人身上目睹這樣的反應歷程。

說明相關事實還算輕鬆的。他很習慣說明犯罪和刑罰。問題在於現在他說明的對象是家人。

冴子、美紀和邦彥都一聲不吭。他們不曉得該說什麼好吧。龍崎害怕那沉默，只得不停地說下去。

「邦彥為了考上東大，正在補習，但端看審判結果，即使考上東大也沒有意義了。若是受到禁錮以上的判決，他的名字將列在本籍地市町村的罪犯名單上十年。一般企業很少會參考這類名單，但若要成為高級事務官，狀況就不同了。成為幹部官員是窄門，前科會是重大的不利條件。」

邦彥一直低著頭，什麼也沒說。有怨言就說出來啊，龍崎想。就像之前那樣，傾吐你的不滿啊。

龍崎繼續說：「爸的工作處在激烈的競爭之中。不全是升遷而已，一旦犯錯，就會被踹下去。而這不一定是本人自己犯下的錯，家人的醜事也有可能成為問題。尤其爸是警察廳的官員，如果家人觸法，有可能被追究管教的責任。」

還是妻子冴子第一個對這番話起了反應。

「意思是，也有可能遭到免職？」

美紀的臉色變得蒼白。她靜靜地等待龍崎說下去。

「法律上不會。國家公務員法保障了公務員的權利，但不可能完全不予追究。應該會受到某些處分。」

「怎樣的處分？」

「我也不清楚。」龍崎坦白地說。「我沒有看過這樣的前例，可能要看上司怎麼斟酌……」

「上司指的是官房長？」

「對。我和官房長之間還有參事官。」

「最糟的情況會怎麼樣？」

「這個嘛……」

龍崎嚴肅思考。考慮到階級，應該不會被派去轄區現場。轄區的課長最高就到警部，比龍崎還低三級。即使被降級，派去縣警本部當個什麼職位應該比較妥當。

「也許會被派去哪個地方的本部當課長……」

妻子沉默了。也許是聽到要離開東京，感到厭煩。龍崎年輕的時候有過太多調動了。

「開什麼玩笑！」美紀突然開口。她整個人亂了分寸。「你們知道現在求職有多難嗎？女生可以從自家通勤，是個很有利的條件啊……企業很排斥獨居女生的。」

龍崎驚訝地看美紀。

「還沒有決定要離開東京啊。」

「弟弟是罪犯，這種事要是被公司知道，根本別想應徵了。」

美紀這種說法令龍崎一陣惱火。但仔細想想，自己和美紀也差不了多少。得知邦彥吸毒的時候，他第一個想到的是自己的將來。

「也許還有更令你難過的事。」龍崎對美紀說。

美紀愣住了。

「什麼事？」

「三村的事。」

「三村……？」

「對。」龍崎必須提起他最不會應付的問題。「也許三村本部長會拒絕跟我們家的婚事。即使他認為警察官員不能跟犯罪者的家庭聯姻，也是難怪。」

美紀露出受不了的表情。看到那表情，龍崎一陣心驚。因為那張臉跟妻子不高興的模樣如出一轍。

「我不是跟爸說過那是誤會了嗎？我就打開天窗說亮話吧。現在我根本沒打算要跟三村結婚。往後三村必須在全世界奔波，我也必須找工作。我們兩個完全沒空管什麼結婚。」

龍崎困惑了。

「可是你們不是在交往嗎？」

「不是那麼深的關係。算是好朋友而已。」

「可是，你媽說你為了結婚的事在煩惱……」

「我才沒有。爸跟三村的父親好像一直想要把我們兩個送作堆，真的很教人生氣欸。」

「我之前也說過，」龍崎依然困惑地說。「爸從來沒有強逼你結婚。」

「可是你說如果我跟三村結婚，對你有幫助……」

「如果你們真的在考慮結婚，然後順利成親，確實是有幫助，但也只是這樣而已。並不是你們結了婚，爸就能升遷。」

「那，三村那邊就沒有問題啦。」美紀說。

龍崎總覺得撲了個空。原本他一直模糊地認為美紀的婚事會是最棘手的問題。

「重要的是我的就業問題。虧我一直那麼小心減少不利的條件……」

美紀用怨恨的眼神瞪邦彥。邦彥不敢看美紀。

「我想這應該不會影響到你的就業……」

「爸太天真了。現在是極端的買方市場。要不要錄用，全看人事高興。可是現在……」

「企業在錄取員工的時候，幾乎不會調查應徵者的前科，更別說本人以外的家人的前科。會進行這種調查的，只有非常特殊的企業。」

美紀用探詢的眼神看龍崎。

「真的嗎……？」

「爸在警察廳工作，還算清楚這部分的狀況。正在求職的人很容易變得疑神疑鬼，因為不安而迷失自己，被各種臆測的訊息所迷惑。」

妻子冴子說：「邦彥會怎麼樣？」

「要看審判結果。首先檢察官必須把案子送交到家事法庭。如果家事法庭確定做出保護處分，就是這個結果。但如果家事法庭認為罪性重大，就會把案子再送回檢察單位，這叫發回。然後檢察官必須在十天以內提起公訴。」

「什麼意思？」

「那麼一來，就會被處以刑事罰。」

冴子的眉頭擠出深深的皺紋。

「多重的懲罰……？」

「不知道。一般成人的情況，初犯而且是單純的毒品自用及持有，會是一年六個月徒刑，或緩刑三年。但少年事件的結果要看家事法院如何判斷。」

「只能自首嗎？」冴子問。

邦彥微微抬頭。他們是對身為警察官員的龍崎有所期待。龍崎說：

「伊丹也叫我搓掉，說沒必要鬧上檯面……但掩蓋事實，有可能讓狀況變得更糟。萬一日後掩蓋吸毒的事因錯陽差曝了光，將再也無從辯解。邦彥這一輩子，還有我這一輩子都會完蛋。自首是最好的做法。」

冴子看邦彥說：「你怎麼會做出這麼傻的事……」

「邦彥應該也都明白了。所有的錯誤和犯罪，都是犯下之後才會發現自己的愚蠢。」

冴子對邦彥說：「你不要不說話，說點什麼啊。」

邦彥總算抬起頭來。

如果邦彥開始指責龍崎，他打算正面迎戰。也許邦彥怨恨著從來沒有好好扮演父親角色的龍崎，並且氣他明明是警察，卻保護不了兒子。

如果你還算個父親，就做點父親該做的事啊！他想像著邦彥這麼怒吼的模樣。對抗年輕人的激情絕不是件易事。也許邦彥會使用暴力。龍崎對自己的拳腳沒有自信，但他已經有所覺悟，要戰的時候就非戰不可。

邦彥看了看龍崎。

然後看看冴子，再看美紀，接著視線回到龍崎身上。龍崎暗自戒備著。

邦彥身體猛地往前一探，眼睛緊盯龍崎。

龍崎嚇得差點退縮，但總算是迎視邦彥了。不能敗在這裡。

邦彥突然站了起來，龍崎險些跟著起身。因為他以為兒子要撲上來，或是抓起身邊的東西扔過來。

覺得用講的講不過，還是要訴諸暴力嗎？

邦彥的上半身動了。情急之下，龍崎竟不曉得該如何是好。

下一瞬間，邦彥深深地彎下上身，大聲開口。

「對不起！」

龍崎半弓著腰，呆呆地看著兒子，接著一屁股坐了下來。但邦彥依然維持著最敬禮的姿勢。

「很好。」冴子開口。

「咦……」

龍崎忍不住看冴子。

「就像你爸說的，錯都犯了，那也沒辦法。所以想想往後該怎麼面對吧。你爸是專家，既然他說自首、等待判決是最好的，那也只能聽從了。即使你爸因為這樣被降職，還是邦彥要坐牢，那都是沒辦法的事。」

「呃……」龍崎說。「不可能要坐牢的。」

「這只是一種比喻，表示不管後果如何都要接受。那，什麼時候去自首？」

龍崎想了想：「愈快愈好。最好明天就去最近的轄區自首。」

龍崎說著，心想明天廳裡一定會天翻地覆。如果伊丹在上午的記者會好好說出來，一定會鬧得滿城風雨。

邦彥總算抬起頭來。

龍崎對邦彥和美紀說：「你們兩個可以回房間了。」

先是邦彥離開客廳，過了一會兒，美紀低聲說：「我暫時不考慮結婚。我想出去工作。」

龍崎點點頭。

「我知道了。其實聽到這話，爸鬆了一口氣。」

美紀點點頭站起來，回去房間了。

冴子看著龍崎。

「幹嘛，你想說什麼？」

「為什麼不告訴我邦彥的事？」

「我在思考該怎麼做才好。」

「難怪這陣子你一直怪怪的。你好像睡不太好，對吧？」

「嗯。但做出結論後，心情輕鬆了。」

「你是以警察官身分做出結論的。」

「是啊，我只能這麼做了。做為一個父親，我實在不及格。」

「沒錯，你是個無能的父親。」

龍崎搖搖頭。

「喂，我最痛恨無能這兩個字了。」

「以無能的父親來說，你做得很好了。」

「是嗎？」

「伊丹先生叫你搓掉對吧？」

「對。」

「如果你聽從他的話，也許我會鄙棄你。或許你自己沒發現，但你做了最好的父親榜樣。」

「什麼意思？」

「你教導孩子不能走錯路。所以我才說，以無能的父親來說，你做得很好了。」

龍崎不想再繼續聽到無能這兩個字。

「我餓了，開飯吧。」

冴子起身去廚房。龍崎就像平常那樣，從冰箱取出罐裝啤酒。總算可以滋潤喉嚨了。他走去飯廳，沒有把酒倒進杯子，而是直接就著罐口飲用。冰涼的啤酒一口氣灌進胃袋，碳酸刺激著喉嚨，舒爽極了。

他深深地嘆了一口氣。

龍崎用煎味噌土魠和涼拌波菜當下酒菜，再喝了一罐啤酒。感覺彷彿解決了一樁大案子。

其實根本還沒有處理掉任何事，但與家人談過以後，心情輕鬆多了。

喝完啤酒後，他配著味噌湯和醬菜吃了飯，接下來只剩下洗澡睡覺。明天會很忙，必須準時到警察廳，做好準備。

伊丹應該會在上午十點召開記者會。接下來暫時可能都無法離開崗位。也許牛島會要求他解釋，坂上也可能跑來罵人。

媒體會提出詢問，政治人物和其他機關的質問一定也會一擁而上。

用完飯後，龍崎在沙發翻著晚報，忽然擔心起來。

伊丹真的會好好地在記者會上公布事實嗎？

伊丹應該理解龍崎的話了。他自信確實說服伊丹了，卻總有一抹不安。

今天臨別之際，伊丹說：「我不能現在立刻答應你。我有很多要考慮的事。」

當時龍崎聽過就算了，但仔細想想，這話啟人疑竇。到底還有什麼好考慮的？而且伊丹還說：「讓我考慮一晚。反正明天上午才要開記者會。」

伊丹也有可能考慮一晚後，做出龍崎不期望的結論。龍崎忽然坐立難安起來。

18

龍崎打到伊丹的手機。有鈴聲，但伊丹沒有接。不久後轉到語音信箱。龍崎留下叫他回電的訊息後掛斷。

一旦擔心起來，就甩不開疑念。認為伊丹明天會好好地在記者會上公布，也許只是毫無根據的一廂情願。

伊丹沒有向他保證什麼，只是龍崎當時覺得可以相信伊丹而已。但不該容許這種曖昧的認定。

應該好好確認才對。再跟他談一次吧。

龍崎再打了一次電話。伊丹還是不接。龍崎注意到，警視廳的刑事部長不接電話是一件很反常的事。警察幹部必須隨時隨地都能聯絡到人，而且現在伊丹指揮著兩處搜查本部，不該電話不通。

他漸漸有了不祥的預感。

他打到警視廳，詢問刑事部的值班人員。

「有人知道伊丹刑事部長在哪裡嗎？」

對方請龍崎等一下，然後回覆：「部長回家了。」

「有人確定過嗎？」

「確定？不，沒有……」

龍崎更不安了。

「立刻確定他人在哪裡。」

「呃……請問有什麼必要……？」

「電話找不到他。如果他在家就沒事。」

「好的。」

電話掛斷了。

很快地，剛才的值班人員回電了。

「打到部長家的電話沒有人接。要派人過去嗎？」

他思索了一下這段回覆。最好不要讓事情鬧大。

「不，不用。也許他已經休息了。謝謝你特地聯絡。」

「不客氣……再見。」

龍崎靜不下來。伊丹為什麼不接電話？也許他只是剛好在洗澡，或是把手機丟在其他房間睡著了。

但也有可能不是。或許出了什麼事……

龍崎已經累壞了，卻更加惶然不安。

「我出門一下。」他對冴子說。

「現在嗎？」

妻子也不怎麼驚訝地說。她已經習慣了。

龍崎穿西裝打領帶地出門了。時間已經接近午夜零時，實在不可能有人在這種時間挑剔官員的穿扮。

但也不保證馬上就能回來。如果此行碰上什麼事，有可能必須直接前往警察廳。弄個不好，難保不會鬧到要出席記者會。

所以龍崎出門的時候，大部分都會穿西裝打領帶。不是玩笑，他連去附近買東西都想這樣穿。畢竟警察官員不知何時會被召集。

他招了計程車，趕到伊丹家去。伊丹住的不是警視廳官員宿舍，而是世田谷區等等力的公寓建案。伊丹說他們夫妻幾乎是分居狀態，所以他實質上應該是一個人生活。

雖然小時候認識，但他對伊丹的私生活無知到令人驚訝的地步。他之所以知道住址，純粹是由於公務上需要。

青山大道上車流並不多。從家裡出發後，約二十分鐘就到伊丹住的公寓了。一看就是高級公寓。

龍崎在公寓玄關打手機給伊丹。他想如果伊丹接了電話，直接打道回府也行。只要能確定明天他會在記者會上公開現職警察認罪的事實就行了，沒必要刻意挑在這種時間見面。

但伊丹還是沒接。公寓是自動鎖，如果不知道密碼，除非請住戶開門，否則無法開啟大門。

龍崎按下伊丹的住處房號。他心想既然手機都不接，當然摁門鈴也不會有回應。

然而意外地，對講機傳來伊丹的聲音。

「龍崎，做什麼？」

「你怎麼知道是我？」

「有監視器。」

龍崎忍不住抬頭。確實有監視器鏡頭。

「開門，我有話跟你說。」

伊丹沉默良久。顯然不對勁。

「可以請你回去嗎？我說過，我要考慮一晚。」

「不會占用你多少時間。我只是想確定兩、三件事。」

「你回去。」

「你不開門，我就聯絡公寓管理公司或保全公司，叫他們開門。」

「隨便你。」

龍崎是認真打算這麼做的。大門應該貼有管理公司或保全公司的聯絡方式。他正在找，結果正門玻璃門冷不防打開了。

是伊丹開門的。龍崎進入玄關大廳。伊丹住在七〇四號室。七樓。龍崎快步走向電梯。公寓很氣派，但電梯只有一台。

電梯爬得很慢，讓龍崎不耐煩。總算抵達七樓，龍崎小跑步衝向七〇四號室。

他摁下門旁的門鈴。聽得到鈴聲在房間內迴響。由於他心情急躁，清脆的門鈴聲聽起來格外可笑。

他等了一陣子。都打開玄關自動門了，總不會不開房門吧？他邊等邊想。

一段時間後，傳來屋內開鎖的金屬聲，接著是解下門鏈的聲音。門總算開了。

伊丹穿著襯衫，底下是白天的西裝褲。領帶拿掉了，但甚至還沒有更衣。是走廊螢光燈的關係嗎？他的臉色看起來糟糕透頂。不，不是光線影響，他的臉色真的蒼白得像一張紙。

然而眼睛卻布滿血絲。眼白可以看到無數的紅色微血管。兩眼射出異樣的光彩。頭髮亂糟糟的，看上去彷彿突然老了十歲。

伊丹是個注重外表的男人。他向來講究服裝、姿勢和態度，好讓自己顯得風流瀟灑，但現在的他簡直就像變了個人。

「你要問什麼？」

「要站在這裡說嗎？」

伊丹炯炯發亮的眼睛注視著龍崎。

怎麼搞的？為何會覺得如此坐立不安？

龍崎納悶。

他從來沒有過這種感覺。這種不舒服，就好像有人拿砂紙磨擦胸口內側。

「我跟你沒什麼好說的。如果你肯回去，我會很感激……」

「不必這麼冷漠吧？總之，站在這裡會引人注意。讓我進去。」

「你回去。」

「不，我不能回去。」

「你為什麼就不能先別來煩我，等到明天再說？」

「因為你太不對勁了。為什麼不接電話？」

伊丹盯著龍崎。那眼神甚至令人感覺到恨意。

「我手機丟在其他房間，轉成靜音，沒發現有電話。」

「就是這點不對勁。你可是警視廳的刑事部長。」

「我就老實說了吧……」伊丹垂下視線嘆氣。「我不想跟你說話。」

「為什麼？」

「我想要在沒有壓力的狀況下思考。」

伊丹在撒謊。

他不接電話，不是因為那是龍崎打的。他應該拒接任何人的電話。事實上他就沒接警視廳值班人員的電話。

「總之到屋裡談吧。」

伊丹開口想要拒絕，但死了心似地微微搖頭。他想了一下，然後說：

「就是拗不過你……」

伊丹把門打開，退進屋內。龍崎進入玄關，立刻關上門。為什麼別人的家總有一種獨特的氣味？龍崎邊想邊脫鞋入內。

玄關一進去就是走廊，走廊兩側並排著房門，其中一間應該是廁所。盡頭處有道玻璃門，裡面是客廳，結構和龍崎家差不多。不過公寓的格局，每一處都半斤八兩。

伊丹先進了客廳。那裡擺著比龍崎家更時尚許多的沙發組。黑色皮革沙發營造出沉穩的氣氛。

家具很高級，但房間裡一片雜亂，給人頹廢的感覺。伊丹說他婚姻失敗，幾乎一個人生活，龍崎覺得應該是這個緣故。

有張玻璃面的桌子，上面擱了一把手槍。龍崎並不驚訝。是每個警察都佩有的新南部左輪手槍。

他以為是伊丹沒有歸還警視廳，私自帶回自家的。

但龍崎立刻就察覺不對了。伊丹連電話也不接，桌上放把手槍，是想做什麼？

伊丹依然站著。龍崎也站著。伊丹盯著桌上的左輪手槍。他的眼神顯得異樣悲傷。是走投無路的表情。

龍崎赫然一驚：

「難道那把槍是……」

伊丹仍然盯著左輪手槍。

一陣沉默之後，伊丹開口：「沒錯。是凶器。」

「說凶器丟到荒川，原來是假的？兇手根本沒那麼說，對吧？」

「沒錯，是假的。我要他們篡改筆錄。」

「難怪之前你那麼有自信，說打撈荒川也找不到凶槍。槍本來在哪裡？」

「這是警方裝備，依規定放在槍械保管處。」

「你把它拿回家，想要做什麼？」

伊丹杵在原地，龍崎注視著他。一觸即發的緊張感支配了整個房間。

不久後，伊丹走近桌子拿起手槍。龍崎只是看著他的動作。然而伊丹接下來的行動，遠遠出乎龍崎的意料。

伊丹一拿起槍，隨即把槍口抵在自己的太陽穴上。這突如其來的舉動，令龍崎一時之間甚至發不出聲音。

他與伊丹對望了。龍崎不知該如何是好。

「別這樣……」

他好不容易擠出聲音。

伊丹把槍口抵在自己頭上說：「官員就是武士。」

龍崎為了設法讓對方冷靜，決定附和他的話。

「對，沒錯。現今日本的體制，大部分都是在幕藩時代建立起來的。即使經歷明治維新，也很難有所更動。」

伊丹好像根本沒在聽龍崎說什麼。

「武士會切腹自殺，以示負責。」

「等一下，沒必要你來負責啊。」

「我已經篡改筆錄了。我下令要搜查本部的幹部找到推翻供詞的材料。」

「那是因為坂上那樣指示，不是你的責任。」

「不，現場負責人是我。」

「總之你先把槍放下。」

伊丹不理會龍崎。手指扣在板機上。

「必須要有人負責。」

「沒有人希望這種形式的負責。」

「民眾會同情警察。光是這樣就值得了。」

伊丹的眼神甚至令人感覺到瘋狂。他已經失去正常的判斷力了。

「抱歉。」龍崎說。

「是我害你左右為難的。是我慫恿牛島參事官，讓長官官房主導這件事。」

「你覺得都是你害的嗎？」

伊丹臉上的表情消失了。龍崎一陣毛骨悚然。

「沒錯。不是你的錯，也許是我逼你的。」

「既然如此……」

伊丹總算放下手槍。龍崎鬆了一口氣，然而下一瞬間，他整個人全慌了。

伊丹把放下的槍又對準了龍崎。

龍崎體會到全身力量一下子從背脊流光的恐懼。他從來沒有被人拿槍指著。年輕的時候，雖然被派到現場「見習」過，但幹部候補幾乎不會被派去真正危險的現場。

眼睛緊盯著槍口。人應該難得面臨如此直接的恐懼。伊丹只要手指一動，自己可能就會沒命。

龍崎硬把視線從槍口扯開，望向伊丹。看不出任何表情。他覺得站在眼前的不是自己從小學就認識的伊丹。

伊丹說：「那麼你也陪我一起死吧。射死你之後，我再自殺。」

「住手！沒必要這樣做啊！」

「兩名同期的高級事務官引咎自殺了。這會引來世人和媒體的同情。光是這樣，就能減少對警方的抨擊聲浪。」

「博取同情無濟於事。必要的是以誠摯的態度追究案子，把真相公諸於世。」

「這也是最後一次聽你說漂亮話了……」

伊丹的指頭泛白，龍崎知道他扣在板機上的手指使勁了。

「住手，不要這樣……」

龍崎束手無策。即使撲向伊丹，那一瞬間就會中槍了。而且龍崎與伊丹中間還隔著沙發和桌子，龍崎不可能翻越這些撲向伊丹。

他覺得好像學過，看到對手有槍，要立刻趴下。但距離這麼近，趴下應該也沒用。再說，龍崎完全動彈不得。

腦袋開始麻痺，身體無法反應。他覺得眼前這一幕就好像發生在另一個世界。

但危機確實步步近逼。伊丹的指頭繼續使勁，漸漸壓下板機。他聽見齒輪嘰嘰作響的聲音，彈膛逐漸旋轉。

擊錘跳起了。當彈膛停止，擊錘落下時，就是龍崎命喪黃泉的時刻。

伊丹滿不在乎地繼續扣壓板機。

龍崎只能等待死期到來的那一瞬間。

彈膛停止。

伊丹終於把板機整個扣下去了。

擊錘落下。

隨著駭人的槍聲，龍崎當場倒下——應該要是這樣的。

然而現實卻不是如此。

只有擊錘落下的金屬碰撞聲。

龍崎發現自己的眼睛瞪大到難以置信的地步。

伊丹以扣下板機的姿勢盯著龍崎。龍崎也回視伊丹。兩人默默地對望了一陣子。

不多久，面無表情的伊丹臉一歪，接著笑了出來。一開始是竊笑，接著愈笑愈放肆。

龍崎茫茫然地看著他。

伊丹笑著，打開新南部M60的彈膛，出示給龍崎看。是叫他仔細看的意思。

彈膛裡面是空的。沒有子彈。

龍崎整個人虛脫了。他差點當場癱軟在地。

伊丹還在笑。看到那模樣，龍崎一陣暴怒。他歷歷在目地回想起小學遭到霸凌的心情。伊丹的親衛隊就是像這樣捉弄龍崎，讓他害怕，然後哈哈大笑。

「你什麼意思？」龍崎瞪著伊丹說。

伊丹笑著說。

「我不記得了，可是小學的時候也是這樣嗎？」

「你說什麼……？」

「別生氣。我是真的不記得了。我一直以為你天不怕地不怕。」

「少胡說了。」龍崎說。「世上全是令人害怕的事物。小學的時候，我真的很怕你們那夥人。」

「真是奇妙，我從來不記得自己結夥做過什麼。我一直覺得自己贏不過你。這是真的。」

「問題不在你怎麼想。我真的遭到你們霸凌。」

「你總是帶給我壓力。」

「我去搜查本部，就是為了給你施壓。」

伊丹搖頭。

「我不是說現在。從很久以前開始，一直都是。從我進警察廳開始……不，也許從小學就開始了。你說你被我霸凌，但也許我一直很怕你。」

「怎麼可能……」

這話太令人意外了。龍崎不相信總是自信十足的伊丹會說出這種話。

「真的。所以你到搜查本部來時，我真的覺得自己被逼到走投無路了。」

「我把你逼到走投無路……？」

這話也令龍崎驚訝。

「沒錯，我被你逼到絕路了。所以才不想接任何人的電話。」

龍崎看著伊丹手中的槍，然後說：

「你把那種東西帶回家，想要做什麼？」

伊丹俯視手中的左輪手槍。

「不知道……」

「你拿槍對準太陽穴時，我以為你是認真的。」

伊丹看龍崎，淡淡地微笑著。很複雜的微笑。看起來像自嘲，也像是嘲笑全世界，同時也像是悲傷欲絕。

「我是認真的。」

伊丹說，然後重重地嘆了一口氣。

龍崎什麼也沒說。

「如果你沒有來，我應該已經死了。」

「你有子彈？」

伊丹把手伸進褲袋，抓出彈匣。裡面有五發子彈。

「因為你硬要進來，所以我把子彈退出彈膛，收進口袋。我可不想誤傷你。」

「你拿槍對準我的時候，我真的以為你會開槍。你就是那種表情。」

「我才不會射你。」伊丹悲傷地說。「但我一定會射死我自己。」

「這是最糟糕的結論。」

「人有時候就是會做出最爛的選擇。所以犯罪才不會從世上消失，自殺的人也不絕於後。」

「取締犯罪不是我們的職責嗎？」

伊丹的眼神不知不覺間平靜下來了。

「你知道嗎？你老是把我們該做的事稱為職責、任務，從來不說是工作。」

「是嗎……？」

「至少在我的認知裡是這樣。對你來說，警察這份工作不只是單純的工作而已。你一定是把它當成上天賦與你的天職吧？」

「才沒那麼誇張。但這確實不是用來賺錢的手段。它肩負重大的使命。官員不就是這樣的嗎？」

「你真是個怪人。只有你能面不改色地說這種話。」

「因為我是認真的。」

伊丹小心地把槍放回桌上，然後對龍崎說：

「總之，你是我的救命恩人。如果你沒有來，我真的已經轟掉自己的腦袋了。」

龍崎注視著伊丹。

「如果你真心這麼想，就聽你救命恩人的話。明天在記者會上說出真相。」

伊丹瞥了手槍一眼，垂下目光說。

「也許今晚我已經死了。只要這麼想，還有什麼事做不到？」

「接下來的事就交給我。」

伊丹點點頭。

「好。」

「手槍我來保管。」

「為什麼？」

「也許我回去以後，你又會一時衝動轟了自己的腦袋。」

「不必擔心，我不會做那種事。」

「不，世上沒有百分之百不可能的事。只要有萬分之一的可能性，就不能輕忽大意。」

「真像你會說的話。好吧，你拿去。」

「你要重新訊問嫌疑人，在筆錄留下凶槍真正的所在。」

「真正的所在？」

「我會把槍放回保管處。」

伊丹無力地點點頭。

「好，明天會再訊問一次。」

龍崎用手帕包住新南部M60和彈匣，塞進褲袋裡。槍和子彈重到幾乎穿破口袋。龍崎擔心真的會破，問伊丹有沒有紙袋，伊丹挖出一個花俏的量販店紙袋。龍崎把槍裝進去，開始覺得這整件事就像某種爛透了的玩笑。

「再見。我現在就去大森署，把槍放回去。」

「我可以問件事嗎？」

「什麼？」

「你曾經被我霸凌對吧？」

「沒錯。」

「你恨我嗎？」

「沒錯，我恨你。」

「但你救了我，為什麼？」

「我想救的不是你，是警界。」

伊丹微微地笑了。

「這也像是你會說的話。」

龍崎就要離開，但他在門口止步，猶豫之後說了。

「確實，我一直恨著你。但因為這樣，我才能考上東大，通過國家公務員甲種考試。這是事實。我感謝這個事實。」

他不想看伊丹的臉，所以轉身離開客廳。伊丹沒有跟上來的樣子。龍崎穿好鞋子離開，然後招了計程車前往大森署。

19

隔天一早，龍崎一到警察廳，立刻叫來谷岡。他想要私下談談，便把谷岡帶到小會議室。

「今天會發生一點騷動，你要有心理準備。」龍崎說。

谷岡的表情緊張到近乎滑稽。

「出了什麼事？」

「警視廳的刑事部長要召開記者會。」

這麼說谷岡應該就懂了。谷岡點點頭。

「公關室可能會有接不完的電話，要求評論。」

「公關室要預先做好長官聲明草案。在長官親口做出正式聲明前，拒絕任何評論。」

「好的。」

「還有……」龍崎說。「我受你關照許多，但我應該很快就不是你的上司了。」
谷岡露出詫異的表情。
「課長私下接到異動通知了嗎？」
「不，不是。但我應該會被調走。」
「怎麼回事？」
「我兒子抽了海洛因菸。我要他今天就去自首。」
谷岡一臉驚詫地看著龍崎，好像不知道該說什麼。龍崎覺得這是當然的。如果立場相反，龍崎應該也不知道能說什麼。
「就是這麼回事。雖然是家人犯的錯，但我也不能全身而退。」
「可是……」谷岡似乎正在拚命動腦。「我從來沒聽過因為家人的問題而受到處分的例子。」
「我也查不到這樣的前例。但警察官員的兒子觸犯刑事案件，我當然也會被追究督導之責。」
「會嗎……？我倒不這麼認為……」

「不必安慰了。也許我會被降級，變成你的下屬。如果真的那樣，你不必把我放在心上，只要專心配合新上司就是了。這才是事務官的生存之道。」

龍崎覺得這些話是多餘的。

谷岡是個優秀的官員，他當然會這麼做。

谷岡的表情很古怪，好像不曉得該擺出怎樣的表情才好。龍崎覺得他對谷岡的心情瞭若指掌。如果谷岡在這時候翻臉不認人，確實教人心寒，但他一定已經對龍崎失去興趣了。

「不需要我再指示什麼了吧。該做的事，你應該都清楚。」

谷岡用挑戰的眼神看向龍崎。瞬間，龍崎差點被那眼神震攝了。

谷岡開口：「不，課長現在還是我的上司。請下達指示。」

「什麼……？」

瞬間龍崎無法理解谷岡在說什麼。

谷岡又說：「即使課長會被調走，直到那一刻以前，課長仍然是我的上司。當然，我會祈禱沒有異動……即使課長去了完全不同的部門，我也會永遠尊敬課長。請不要忘了這件事。」

「喂……」龍崎苦笑。他覺得這戲路也太老套了。「你不需要那樣說的。」

「不是需不需要的問題。這是我的肺腑之言。課長是我心目中理想的警察官員。」

「你心目中理想的警察官員，兒子就要因為吸毒被捕了。」

「令郎吸毒的事實曝光時，課長也可以把它掩蓋下來的，但課長沒有這麼做。做為一個警察官員，這值得欽佩。」

「別這樣，教人難為情。」

「我只是說出我真實的心情。」

龍崎有些慌了。

他發現谷岡似乎是真心的。谷岡很優秀，所以龍崎一直以為谷岡不在乎他與上司之間的交情，但似乎並非如此。

高級事務官會不斷地升遷、變換職場，所以龍崎向來認為職場上的人際關係是多餘的。

但若問谷岡的尊敬是否令他不快，答案是否定的。他發現自己竟不由自主地被打動了。

龍崎不願被發現，故意板起面孔說：「那，這是我給你的指示：立刻擬定長官聲明的草案，徹底通告公關室全體，在長官發表正式聲明前，不許對媒體透露半個字。」

「好的。」

「確定一下警視廳上午的記者會內容。看過之後，立刻通知我。」

「好的。」

谷岡站起來，行禮之後，先離開小會議室了。

龍崎依然坐著。直到這一刻，他才對總務課課長的職位深感不捨。

回到座位，桌上有牛島參事官的留言字條，叫他立刻過去。龍崎本來以為牛島會就此置身事外，因此有些意外。

到了牛島的辦公室，牛島開口：「警視廳那邊怎麼樣了？」

「刑事部長應該會在今天上午召開記者會，說明一切。」

龍崎已經有所防備，以為牛島會埋怨，或下令他阻止。但牛島沒有對記者會一事說什麼。

「這是機密，你靠過來一點。」

「是。不好意思。」

龍崎只上前一點，彎下上身。

牛島小聲說：「坂上會被撵走。」

龍崎蹙起眉頭。

「怎麼回事？」

「坂上下令警視廳刑事部長隱匿案子的事被長官得知了。長官暴跳如雷。我聽到這件事的時候，也渾身冷汗。」

原來如此，龍崎心想。

換句話說，參事官和官房長真正是千鈞一髮。萬一他們照著坂上畫的藍圖，試圖隱匿案子，長官的憤怒將波及到每一個人。這下子可以讓坂上一個人去當代罪黑羊了。雖然就如同龍崎的計畫，但總覺得餘味很糟。

牛島說：「托你的福，我保住地位了。這都要謝你。咱們薩摩（註：鹿兒島古時大部分屬於薩摩藩，故常以薩摩代稱鹿兒島）男子漢知恩必報。」

「參事官不必放在心上。我只是提議最好的做法。」

「你這傢伙嘴巴就不能甜一點嗎？你應該需要我幫忙吧？」

「什麼意思？」

「你兒子的事。我會盡量設法。」

龍崎忍不住納悶。如果邦彥自首，接下來就只能交給法律了。即便牛島是警視廳幹部，也實在不可能影響司法判決。或者牛島是指人事方面？這也只能交給人事院。牛島應該是想表示自己極具影響力，但龍崎對此存疑。

「長官需要做出聲明。」牛島說。「記得先擬好草案。」

「我已經安排了。」

總務課會依據公關室製作的草案準備聲明稿。長官發表該份聲明稿的內容後，再由公關室轉達給媒體。雖然覺得簡直是自彈自唱，但這就是總務課的職責。

「話說完了。在長官發表正式聲明前，我會暫時裝作沒事人。」

龍崎點點頭，離開牛島的辦公室。

他正要回去總務課，坂上卻從電梯走了過來。是龍崎現在最不想見到的對象。

坂上的表情猙獰得可怕，不過他的心情也不是不能理解。龍崎想要無視於他。事已至此，他跟坂上沒什麼好談的，但對方就是不肯放過他。

坂上來到龍崎面前停步，齜牙咧嘴地說：「別以為你贏了。」

一定是被長官叫去，惡狠狠地訓了一頓。牛島說「被攆走」絕不誇張。一旦惹惱長官，下場就只有一個。

「這不是輸贏之爭。」龍崎說。「我只是做了最正確的事而已。」

「我跟你沒完沒了。總有一天一定會要你好看。」

龍崎想起了邦彥的事。

「唔，我不曉得這樣說能不能讓你爽快點，但我遲早也要出事的。後會有期。」

龍崎繞過坂上旁邊離開了。背後感受到坂上的怒意與挫敗。

回到座位，谷岡正在等他。

「我送長官聲明的草案過來了。」

「真快。」

龍崎坐下，瀏覽谷岡遞過來的A4紙張。

稿件上以幾種不同的說法，寫著對警察官犯罪感到極為遺憾的內容。龍崎確定完全沒有使用到「責任」兩個字，感到滿意。這種情況，連責任的「責」字都不能出現。因為那樣會害長官扛起責任。

「很好。」龍崎說。「我去送給官房長。」

「呃……」谷岡欲言又止。

「怎麼了？」

「令郎的事，課長今天要他去自首對吧？」

「對。愈快愈好。我是這麼打算。」

「這邊已經沒問題了，我們可以應付。請課長回去府上吧。」

「意思是已經不需要我了嗎？」

谷岡臉色大變。

「不是的。課長已經充分盡到職責了。我的意思是，接下來交給我們就行了。」

龍崎微笑。

「我開玩笑的。」

「呃……？」

谷岡這時的表情，龍崎可能好一陣子都忘不了。谷岡一定沒想過龍崎居然也會說笑。

「我也是會開玩笑的。」

龍崎說，伸手拿起桌上的電話打回家。

妻子冴子接了電話，龍崎說：「邦彥呢？」

「在房間。」

「我想現在帶他去警署。」

「你的工作呢？」

「只是離開一下。手續完成就回來。」

「沒那個必要。」妻子斬釘截鐵地說。

「什麼？」

「家裡的事不是都交給我嗎？我帶他去。你只要告訴我該帶他去哪裡，怎麼做就行了。」

「不……」龍崎慌了。「這應該是父親的工作。」

「怎麼現在才講那種話……」妻子說。

「我不是臨時想到的……」龍崎支吾起來。谷岡還站在辦公桌前，他不想被谷岡看見這副窘樣。「我一開始就打算帶他去的。」

「沒關係啦。你待在辦公室做你的工作，我帶他去。要去哪裡辦理？」

「最近的警察署。麴町署。」

「麴町署。然後呢？」

「在櫃台說要自首就行了。」

「這樣就行了嗎？」

「對。剩下的署員會處理。」

「好。那我現在就帶他去。」

「這很重要，還是我去好了。」

「意思是重要的事不能交給我？」

「呃，我不是那個意思……」

「別囉唆了，交給我就是了。」

龍崎很擔心邦彥，也想陪著他，但冴子說的沒錯。平常總說家裡的事交給她，遇到緊要關頭卻不信任她的話，就算是好脾氣的冴子也會不高興吧。

「好。」龍崎只能答應。「不好意思，就拜託你了。」

「你好好為國家奉獻吧。」

電話掛斷了。

龍崎放下話筒，對谷岡說：「內人說要帶兒子去最近的警署。看來沒有我出場的份。」

「沒問題嗎？」

「我也不知道。」

谷岡點點頭說：

「好的。那麼我在樓下待命。」

谷岡轉身離開了。龍崎覺得他在偷笑。

邦彥會怎麼樣呢？

龍崎尋思起來。他自認為很了解犯罪量刑，一般狀況，他可以預估刑期會有多重，但事關家人，狀況就不同了。他怎麼樣就是無法冷靜判斷。不知為何，就是會忍不住滿腦子糟糕的想像。

這就是為人父母嗎？隨著時間過去，自己一定會愈來愈擔心，或許會想打電話到麴町署。雖然打電話也不能怎麼樣，但還是會想要知道狀況。

但龍崎知道不能那麼做。

如果接到警察廳高級事務官的電話，轄區可能會感覺被施壓。不管再怎麼想打電話，都必須按捺下來。雖然難受，但沒辦法。

有時不管再怎麼難受，都必須承受下來。這就是人生。

20

龍崎尋找無人的地點。

警察廳不像警察署有偵訊室，結果他只能出去戶外。

他站在路邊打電話給《東日》的福本。

「真難得，你居然主動來電。」福本說。

「你之前提過，說要針對少年犯罪做專題報導，現在還有這個打算嗎？」

「是啊，我的想法沒變。這次的命案，背後有著少年犯罪受害人的冤屈。兇手的動機不是單純的英雄主義。」

「如果兇手是現職警察，你做專題的意思還是不變嗎？」

「喂。」福本的口吻變了。「被拘留的現職警察果然是嫌犯嗎？」
「如果真的是，你還是願意刊登探討兇手心境的系列報導嗎？」
「回答我的問題。兇手是警察嗎？」
「這話不能由我說出來。但既然我會致電給你，希望你能體察。」
福本微微呻吟。
「系列報導的材料都已經準備好了，隨時都可以推出。」
「我們需要一些材料，緩和輿論對警察廳及警視廳的攻擊。」
「社會對少年重大犯罪的量刑及審判本身有著極大的疑問，也有人重視審判過度忽略被害人及家屬意見這個問題。這部分應該對你們有利。」
「務必拜託。」
「我有什麼回報？」
「我不是像這樣致電給你了嗎？」
「只有非正式訊息的話……」
「請密切注意警視廳上午的記者會聲明。好好交代駐守記者俱樂部的記者。」

「今天的聲明嗎？上午的記者會是吧？」

福本迫切地問。龍崎掛了電話。

這麼一來，《東日》應該可以比其他報社提早做出反應。也許這是一場危險的交易，但必須給福本一些回報。畢竟龍崎最早就是因為福本的訊息，才能得知坂上對警視廳下達的「懸案指令」。

龍崎跨步返回廳內。

風很強。皇居護城河畔的草木也劇烈搖晃。綠意喧嘩。

龍崎在九點半回到座位。三十分鐘後，應該就是警視廳召開記者會的時間。

伊丹會好好公開事實嗎？龍崎忽然擔心起來。但都走到這一步了，只能相信伊丹了。

接著十五分鐘後，谷岡衝了進來。

「做出聲明了。警視廳的刑事部長發表聲明，說現職警察就是三起連續命案的嫌犯。」

龍崎點點頭。

這麼一來，就成功避免最糟糕的狀況了。接下來媒體及輿論對警方的抨擊應該會排山倒海而來，但只要忍耐過去就行了。這絕非易事，但非做不可。

龍崎對谷岡說：「長官馬上就會要求召開記者會。」

「已經安排好了。」

「官房長批准聲明草案後，立刻製作正式稿。」

「這部分也準備好了。三十分鐘即可完成。」

就這樣，戰爭開打了。不過這是龍崎早已熟悉的戰爭，同時危機管理也是官員大展長才的舞台。龍崎自信總務課是菁英之中的菁英集團，他相信沒有克服不了的危機。

馬不停蹄地工作到傍晚，連午飯都忘了吃。整個總務課都一樣。谷岡率領的公關室尤其忙碌。

今天的重頭戲是警察廳長官及警視總監等人召開的記者會。阿久根刑事局局長和伊丹刑事部長也出席了。沒看到坂上。

不可思議的是，一點都不覺得累。龍崎沉浸在亢奮中，臉頰潮紅，身體火熱。

谷岡抱著各家晚報來到龍崎的座位。

「各報都是頭條。」

「當然了。」龍崎說。「這是現職警察犯下連續命案，是前所未見的大醜聞。」

「有些報紙整理了過去的警察犯罪，刊登出一覽表。」

「這都在預料範圍內。問題是明天開始的談話節目。節目內容可能會影響民眾的反應。」

「電視應該會歇斯底里地煽動民眾吧。」

「名嘴也會攻擊警察。畢竟他們才剛關注過黑金問題這些警界醜聞。」

「事實真相已經在記者會上公開，緊接著由警察幹部召開記者會。由於迅速應對，案子得以避免歹戲拖棚。各媒體對警方的印象應該不差。」

「這就是我最大的目的。」

「接下來是人事呢。只要做出嚴厲的處分，就能平息民眾的憤怒。」

「我聽說坂上搜查第一課長會被調走。」

谷岡的表情沉了下來：

「坂上課長……？」

「坂上指示警視廳掩蓋事實，製造懸案的事好像傳進長官耳中了。參事官說長官大發雷霆。之後會怎麼處分，我沒有聽說。」

「大森署的署長應該也會被撤換。」

「我想也是。警視廳應該也會受到某些處分。」

伊丹會怎麼樣呢？

龍崎很擔心。伊丹曾經一度下令要搜查本部的幹部隱瞞事實。上頭對這件事的重視程度，會影響對伊丹的處分。

「感覺今晚回不了家吶。」

龍崎對谷岡說。

谷岡微笑：「習慣了。」

谷岡回去二樓公關室了。龍崎打電話回家，沒有人接。冴子還沒有從警署回來嗎？他不認為得花上那麼久的工夫。但龍崎也沒有陪家人自首的經驗，無法具體想像當天能辦理多少手續。

他打到冴子的手機，卻轉到語音信箱。他沒有留訊息，掛了電話。反正有來電記錄，也許冴子晚點會聯絡。

一想像邦彥現在受到怎樣的待遇、是什麼樣的心情，他就坐立難安。然後還是對交給妻子冴子處理感到內疚。冴子說龍崎達成了父親的職務，但龍崎覺得自己做得不夠。

如果自己不是警察官員，也許會花更多的時間在家庭和孩子身上。

他想像不同的人生：一個重視家庭的上班族父親，興趣是家庭菜園，偶爾會帶家人出旅……

毫無真實感。他無法想像警察官員以外的自己。

不管被調到哪裡，往後也只能像這樣活下去……龍崎懷著近似達觀的心情這麼想。

公關室在監控各家電視台的晚間新聞。龍崎也下去二樓一起看。各家民營電視台都派出各有特色的主播，爭奪晚間新聞的收視率。

每一台都報得很聳動。涉嫌警察才剛逮捕、移送檢方而已，姓名尚未公開。隨著該名警察的詳細資訊公開，電視台的處理方式一定也會出現變化。

他們肯定會運用影片，詳盡介紹該名警察的為人。童年過得如何、當警察的時候處理哪些業務、同僚對他的評價……

以刻畫人物形象為名目，撩撥觀眾的好奇心。也就是滿足大眾的偷窺欲望。

龍崎決定回去自己的辦公桌。不管怎麼樣，報導大戰明天才會正式展開。

他一回到座位，電話馬上就響了。

是冴子。

「我剛才打給你。」

「我知道。」

「怎麼樣了？」

「對方說會立刻送交家事法院。問了很多事。」

「問了些什麼？」

「從發現吸毒的狀況、邦彥平常的生活態度、學校成績、參加過的社團……我說是外子發現的，負責的刑警說晚點也會找你問話。」

「我也會被叫去警署是嗎？」

「應該吧。」

「早知道我帶邦彥過去，一次就結了。」

「你現在沒空管這個吧？我看到報紙了。你今天回不來了吧？」

「嗯，我會在警察廳過夜。」

「明天呢？」

「還不知道。我再打回去。」

「好。」

「你還好嗎？」

「什麼……？」

「帶兒子自首，你一定打擊很大吧。」

「事情都發生了，也沒辦法，問題是如何善後對吧？你認為這是最好的方法吧？」

「沒錯。」

「那也只能照辦了。」

「或許你可以當一個出色的官員。」

「別小看主婦了。」

電話掛斷了。妻子爽脆的個性，以前拯救過他好幾次。這次也是。

隔天早上，上班時間剛過，警察廳的龍崎就接到麴町署署員的電話。對方自稱生活安全課少年係的望月。

「呃……關於令公子的事，有幾點問題想要請教……」

「我到麴町署去就行了吧？幾點？」

對方聞言慌了。

「不，我過去那邊。不必勞您跑一趟。」

對方整個惶恐不已。

「一般都是叫去警署吧？」

「呃，是的……」

「那我也比照辦理。」

「啊，如果我過去會給您造成麻煩，可以在附近的咖啡廳……」

「不必顧慮那麼多。我什麼時候過去方便？」

「我這邊隨時都可以……」

「那我現在過去。」

幸好昨天的騷動已經告一段落。也許正處於暫時穩定的狀態。最好趁現在解決這件事。龍崎立刻出門了。

望月年約三十五，是個微胖的便衣警察。龍崎一到，他立刻下來櫃台，立正不動地行禮。望月的階級應該是巡查或巡查部長，而龍崎是警視長，所以對望月來說，龍崎的地位高不可攀。

龍崎被帶到會客室。

「呃，令公子的案子馬上就會被送到家事法庭，但是在那之前，有一些細節必須確認。」

「是。」

「關於吸毒這部分，可以請教發現時的詳細狀況嗎？」

龍崎開始說明。他回想起前往邦彥房間時的狀況，盡可能正確地說明。

這時會客室的門突然打開，龍崎的說明被打斷了。

門口站著一個上了年紀的男子。眼神很銳利。

「啊，副署長……」望月站了起來。

「你在這裡做什麼？」望月稱為副署長的男子問。

「啊，我在請教吸毒少年的家長。」

「問案就去偵訊室，要不然就在你座位處理，跑來會客室做什麼？」

「呃……」

望月整個慌了手腳，說：「這位是警察廳的課長……」

副署長看龍崎。

龍崎頷首致意，副署長也回禮。

「不管是事務官還是什麼，都一樣是失足少年的家長。不許在會客室問案。」

望月尷尬極了。龍崎站了起來。

「我在哪裡都沒關係。」

望月抱歉地說：「那可以請您到我座位來嗎？」

龍崎經過門口的副署長前方，出去走廊。

他認為副署長的態度是正確的。雖然正確，但還是有點沒意思。副署長是輔佐署長的重要職位。署長經常更換，有時也會是年輕的事務官。而副署長要負責帶領分不清東南西北的年輕事務官署長，會對事務官心存反感也不奇怪。

望月雖然有點過度在乎階段，但副署長那種態度，在警界裡不受歡迎。

龍崎想著這些，換了地方，繼續說明，結束後回答了望月幾個問題。

「謝謝您跑這一趟。」

望月恭敬地致謝，龍崎說：「就像副署長說的，我只是犯罪少年的家長，過來配合是應當的。」

「呃，唔，是這樣沒錯……」

「……那，小犬會怎麼樣？」

「呃……？」望月愣住看龍崎。

「既然吸毒，當然會受到嚴厲的懲罰。有可能發回嗎？」

「發回……？發回檢察嗎？不，這個案例我想沒這個必要。當然要看家事法庭法官的判斷，但少年自首了，而且從本人和家長的話來看，似乎沒有其他偏差行為，也沒有濫用成癮，他看起來也深自反省了……嗯，我想應該會送感化院，判保護觀察也是有可能的。」

怎麼可能？龍崎心想。

這樣量刑未免太輕了。

確實，邦彥難說是濫用毒品成癮，而且也反省了，但再怎麼樣也不可能是保護觀察吧。也許望月看對方是事務官，為了取悅才說些寬慰的話。龍崎這麼認定。

但他並不責怪望月。他默默行禮，離開了麴町署。

21

龍崎冷靜地觀察媒體接下來的動向。雖然也很擔心廳內會為了邦彥的事對他做出怎樣的處分，但想這些都沒用了，他叫自己別想。

媒體的反應比預期的更要平靜。看來迅速公開事實，緩和了媒體的反感。

此外，對警察幹部做出處分，也冷卻了媒體和社會輿論的抨擊。如同谷岡的預測，大森署的署長被撤換了。由於嫌犯警察原本任職於地域課，大森署內的地域課課長遭到調職，警視廳的地域部部長也換人了。

警察廳方面，只有坂上一個人被撤換。處分沒有波及警視總監和警察廳長官，損害可以算是控制在最小。龍崎對這個結果感到滿意。

搜查本部長伊丹完全沒有被究責。看來掩蓋事實的指示沒有鬧上檯面。等於是坂上一個人扛下了責任。

以這個意義來說，龍崎的判斷也是對的。

然後連續殺人案被起訴，嫌犯的姓名等資訊被公開了。談話節目熱烈地報導其人其事，但社會的反應很冷靜。

《東日》展開少年犯罪問題的專題報導，連日報導量刑爭議、被害人與家人的痛苦、加害者的再犯率等問題。

龍崎心想，也許社會上大部分的人都對這次的連續殺人犯存有一絲共鳴。在刑事政策上，絕不能同情殺人犯，但坦白說，龍崎也不是不了解兇手的心情。

他可以輕易想像，許多人都有和他一樣的心情。站在警察官員的角度，這種狀況或許並不理想，但龍崎認為，人心所向是無法左右的。

在彷彿梅雨揭幕般下著煩雨絲的陰沉日子，邦彥的判決下來了。

令人驚訝的是，真的就像麴町署的望月說的，受到最輕的保護觀察處分。這是望外之喜。雖然龍崎也認為少年犯罪的量刑問題重重，但唯獨這時候，他感謝量刑如此之輕。

雖然邦彥的判決輕微，但龍崎的監督責任還是沒有消失。邦彥的判決下來後，隔天龍崎就被官房長叫去了。

他前去報到，官房長以極為公事公辦的口吻說：「公家機關不能以家人犯罪為由做出懲戒，但你身為警察廳職員，我認為還是必須追究你對家人的監督責任。長官也是同樣的想法。」

龍崎筆直迎視官房長。

「是的。我也這麼認為。」

官房長點點頭。

「我聽參事官說，你在這次的現職警察命案中，居功厥偉。這次的人事異動，也把這一點考慮進去了。」

「是的。」

「大森署的署長被撤換了。你去接他的位置。正式通知晚點會下來。」

「好的。」

龍崎行了個禮，退出官房長室。

牛島參事官在外面，似乎正在等著龍崎。

牛島參事官說：「抱歉，我設法說項了，但上頭說沒辦法繼續待在原來的職位。」

龍崎行禮說：「謝謝參事官關心，請不必放在心上。事務官總還是得異動的。」

「那你被調到哪裡？」

「到大森署任署長。還不算糟糕。」

「但總是左遷。」

「我本以為會被調到東京以外的小轄區。能留在都內的大警察署，已經是萬幸了。」

「聽你這麼說，我心裡頭也好過了些……」

「請參事官與我的後任好好相處。」

「嗯，好……」

龍崎和牛島道別，準備回座位，忽然非常想看看伊丹。這麼說來，自從在他的住處拿走凶槍那天晚上以後，兩人就沒有見面。

龍崎直接離開辦公大樓，前往警視廳。

今天和昨天一樣，是個陰天。伊丹在刑事部長辦公桌，整個人神采奕奕，與搜查本部那時判若兩人。不，那個時候他只是變了個人，現在又恢復成原本的伊丹了。

伊丹的開朗也許只是裝出來的。但還能假裝，證明了他精神上有這樣的餘裕。比起被逼到絕路那時候，現在的他要好上太多了。

「嗨，總覺得好久不見了。」伊丹一看到龍崎就說。

「全身而退呢。」龍崎說。

伊丹用力點頭。

「我還沒向你道謝。一切都是托你的福。你救了我一命，還保住了我的職位。」

「我只是主張認為對的事。」

「我真的再次見識到了，我果然還是贏不過你。」

「我要調走了。去大森署當署長。」

「轄區署長……那不是年輕輩修行待的地方嗎？果然是因為邦彥的事？」

「嗯。但這次的異動沒有我想像的那麼糟。邦彥也只受到保護觀察處分而已。」

「你的判斷總是對的。邦彥的事也是，結果也沒引起多大的騷動就結束了。」

「我自己的損害也減少到最小。」

「這樣啊，大森署署長啊。要是有機會成立搜查本部，或許又可以一起共事了。」

「沒那種案子是最好的。」

「是這樣沒錯，但想到可以跟你一起共事，就忍不住要期待。」

「小學的仇我可還沒有忘。你曾經霸凌我。」

「都過去的事了，別再計較了嘛。」

「不，受到霸凌的一方，一輩子都忘不掉。」

「你又像那樣給我壓力。我是怕你啊。彼此彼此嘛。」

「什麼彼此彼此，這個仇我絕不會忘。」

龍崎離開部長室，突然好想笑出來。

烏雲散去，藍天似乎快露臉了。昨天的雨已經停了。

回到座位前，他先到二樓公關室去看看。谷岡站了起來。

龍崎問：「媒體怎麼樣？」

「很平靜。課長的對策大獲成功。」

「恭維就不必了。」

「才不是恭維。」

「我的異動決定了。」

龍崎說，谷岡的表情頓時暗了下來。

「咦……？」

「大森署署長被撤換了。我去接替。」

「要離開中央去轄區？」

「是啊。不曉得誰會來當課長，你要好好幹。或許會是你接任課長。」

「這……」

「不，非常有可能。」

「我不可能接替得了課長的。」

「別說傻話了。優秀的官員什麼樣的職務都必須勝任。」

「我不像課長那麼優秀……」

「那就讓自己變得優秀。」

谷岡瞬間露出驚訝的表情，然後慢慢地笑逐顏開。

「是的！」

龍崎點點頭，離開公關室。

22

龍崎告知要調到大森署的消息，妻子冴子說：「咦？署長？好像回到以前唷。」

確實就像年輕時候。雖然顯然是左遷，但換個角度來看，署長是一國一城之主。年輕時候只是個虛位花瓶，但以現在這個年紀赴任，或許能做出一番有趣的作為。龍崎決定這麼去想。

邦彥繼續去補習班了。吸毒在家中激起的浪濤絕不算小，但每個人都開始接受這個事實。

冴子打理家中，美紀繼續求職。龍崎逐漸恢復早出晚歸，吃完飯洗澡睡覺的日常。

就彷彿與事件之前毫無二致，但確實有什麼改變了。

龍崎像平常一樣深夜用著晚餐，正在喝啤酒，邦彥從房間出來說：「我有話要跟爸說，方便嗎？」

這是從來沒有過的事，龍崎有些慌了手腳。

「什麼事？」

「是我將來的事。」

「將來……？」

「爸叫我考上東大法律系，當國家公務員。但我不想當公務員。」

「為什麼？」

「以後我想當記者。我想在報社或電視台工作。」

「哦……？」

「我知道爸反對。」

龍崎說：「我並不反對。我叫你當國家公務員，是因為我不知道你將來的志願。如果你有明確的目標，爸不會說什麼。」

「真的假的？」

「但我不許你屈就於二、三流。既然要當，就要當一流的記者。所以爸認為你還是應該以東大為目標。還有……」

「怎樣？」

「你遣詞用句可以正經點嗎？」

邦彥聳了聳肩，回房間去了。

龍崎慢慢地享受手中那罐啤酒。

接到正式任命書，調至大森署的日子到了。由於前署長遭到撤換，為了盡量縮短空白時期，異動變得很倉促。

署員全體起立迎接龍崎。雖然以前經驗過幾次，但還是令人感到光榮。

龍崎在立正並排的署員當中發現了戶高。兩人一對望，戶高便尷尬地別開視線。

龍崎在心中竊笑，走近戶高說：「新官上任，人生地不熟，遇上什麼問題的話，還請不吝賜教。」

戶高面朝正面，以不必要的大嗓門回應：「遵命！」

龍崎轉身背對戶高，前往署長室，內心喃喃。

看來往後有意思了。

娛樂系 024

隱蔽搜查

作者 今野敏
譯者 王華懋
責任編輯 戴偉傑
美術設計 POLLENC
書衣裡插畫 chocolate
內文排版 高嫻霖
出版顧問 陳蕙慧
發行人 林依俐
出版 青空文化有限公司
100台北市中正區忠孝西路一段50號
22樓之14
讀者服務信箱：service@sky-highpress.com
總經銷 大和書報圖書股份有限公司
電話 02-8990-2588
印刷 前進彩藝有限公司
出版日期 2017年4月 初版一刷
定價 280元
ISBN 978-986--93883-7-5

國家圖書館出版品預行編目（CIP）資料

隱蔽搜查 / 今野敏著；王華懋譯. -- 初版. -- 臺北市：
青空文化, 2017.4
384 面； 10.5 x 14.8 公分. --（娛樂系；24）
譯自：隱蔽捜査
ISBN 978-986--93883-7-5(平裝)
861.57 106003684